Nektarios Vlachopoulos

NIEMAND WEISS, WIE MAN MICH SCHREIBT

LAPPAN

Nektarios bedankt sich bei ...

Anke für die unglaublich gute Zusammenarbeit,
Katja fürs Aushalten menschlicher Schwächen,
Eli für die inspirierenden Tanzstunden und die fordernden Gespräche,
Tinolein, Tilibert, Andimaus und **Helenchen** für die Therapie,
Nils, Julian, Nigges, Simon, Anni und **Johannes** für die elterliche Fürsorge,
der internationalen Generalkonferenz für Maß und Gewicht für die Einführung des metrischen Systems,
allen Käufern dieses Buches für die Finanzierung seines Projektes.*

* Mit jedem gekauften Buch leisten Sie einen kleinen Beitrag zur Entwicklung und Herstellung eines interstellaren Todesstrahls.

BEGRÜSSUNG

UM ES KURZ ZU MACHEN: *Mein Name ist Nektarios Vlachopoulos und ich bin sehr berühmt. Leider wissen das nur die allerwenigsten Menschen. Aber es ist wirklich wahr. Mittlerweile werde ich sogar auf der Straße angesprochen. Neulich kam eine junge Frau zielgerichtet auf mich zugeschritten und sagte: „Entschuldigen Sie mal. Wo geht's denn hier zum ...", da antwortete ich: „Ja, der bin ich!" Aber trotz des ganzen Trubels bin ich voll bescheiden geblieben, down to earth, so richtig gemäßigt auf dem Teppich. Deshalb möchte ich den Beginn dieses Buchs nutzen, um das zu tun, was ich am besten kann: mit meinen Defiziten kokettieren. Es ist nämlich so – und ich bin mir sicher, damit bin ich nicht alleine –, dass ich mich in diesen modernen Zeiten irgendwie überfordert fühle. Alles wird immer schneller und komplexer, und ich habe so langsam das Gefühl, dass ich mich selbst nicht mehr kenne. Was erstaunlich ist, denn eigentlich kenne ich mich ja praktisch seit meiner Geburt. Im Grunde genommen sollte ich der weltweit führende Experte für meine Person sein, aber das bin ich nicht. Ich weiß nicht, was ich will. Ich kann keinerlei Entscheidungen treffen. Das ist so eine Art Leitmotiv meines Lebens. Wo immer eine Entscheidung ansteht – ich weiche ihr aus. Deshalb bin ich auch Künstler geworden. Als Künstler hat man nämlich die Möglichkeit, jedes Defizit durch geschickte Rhetorik zu einer Tugend zu verklären. Und genau das möchte ich mit dem ersten Text dieser kleinen Sammlung tun.*

BROT ODER SPIELE?

MANCHMAL FÜHLE ICH MICH wie ein Kind im Körper eines Mannes im Bauch eines Monsters, das sich wünscht, eine Frau zu sein. Ab und zu sehe ich mich als das, was ich zu sein denke, im Körper dessen, was ich abzugeben pflege, und meistens denke ich, bin ich ein Mensch im Körper eines Arsches, der zu einem sehr, sehr dicken Menschen gehört, der Angst vor Entscheidungen hat.

Als ich noch ein Junge war, da war ich nicht besonders alt. Und trotzdem hatte die Welt um mich herum die lästige Angewohnheit, mir Entscheidungen abzuverlangen. Jeder musste Flagge zeigen und sich auf eine Seite stellen: Lamy oder Pelikan, Nintendo oder Sega, Hip Hop oder Nu Metal. Da ich immer ein bisschen hinterher war, setzte ich auf KaWeCo, Atari und Matthias Reim, also eher so die Richtung Nu Metal, glaube ich. So richtig cool fand das aber keiner. Ich weiß noch, wie ich weinend und winselnd im Kaufhaus lag und die Aufmerksamkeit der gesamten Belegschaft auf mich zog, nur, um am nächsten Tag mit einem Eastpak Rucksack auf dem Rücken und einem 4you-Ranzen am Bauch in die Schule zu gehen. Beliebt war ich trotzdem nicht. Als ich mich zwischen Esther und Ramona entscheiden musste, entschied ich mich zuerst für Ramona, dann für Esther und alle beide sich gegen mich.

Manchmal habe ich das Gefühl, dass eine Option erst dann zur falschen Entscheidung wird, wenn ich sie getroffen habe. Fußballmannschaften verlieren nicht nachdem, sondern weil ich auf sie gesetzt habe. In Mailand gilt eine Modeerscheinung als überholt, wenn ich ihr folge, und 2009 habe ich griechische Staatsanleihen gekauft.

Entscheidungen sind nichts für mich. Entscheidungen führen zu Resultaten. Resultate führen zu Konsequenzen. Konsequenzen holen dich ein und lassen dich ganz übel für deine Entscheidungen büßen. Was ich auch tue, ich treffe die falsche Entscheidung. Und wenn ich doch mal die richtige Entscheidung treffe, dann wünschte ich mir, ich hätte die falsche getroffen. Bei falschen Entscheidungen endet der Leidensweg wenigstens. Die ergriffene Maßnahme wird als Irrtum abgestempelt und als wertvoller Erkenntniszuwachs im großen Aktenschrank der Lebensweisheiten archiviert. Fertig. Richtige Entscheidungen hingegen bringen einen noch weiter voran und konfrontieren einen mit noch mehr Entscheidungen, also noch mehr potenziellen Fehlentscheidungen. Da soll sich noch einer wundern, dass ich Angst vor Entscheidungen hab.

Held oder Niete, Geld oder Liebe, Brot oder Spiele. Alles ist viel einfacher, wenn man sich einfach mal nicht entscheidet. Einfach mal Fleisch *und* Fisch essen, Fußball gucken *und* ein Buch lesen, Männer *und* Frauen lieben, Männer *und* Frauen nicht verstehen, Alkohol trinken *und* die Form wahren.

Think reserviert, wähl' vier aus drei!
Trink Wein auf Bier und Bier auf Wein!
Warum an einen Schwachsinn glauben,
wenn wir alle Religionen anbeten können?
Beten wir zu
Buddha Yoda Juno Wotan
Jahwe Jesus Venus Rhenus
Allah Brama Rama Rah Mars
Satan Nanna Gaia Maia
Mao Tao Shao Khan
Shiva Krishna Kali Shakti
Horus Kronos Loki Odin
Isis Thor Osiris Bör
Jupiter und Lucifer.
Viel zu lange haben wir uns dem versklavenden Joch der
Vernunft unterworfen. Wir wollen der profanen Ratio
entsagen. Einigen wir uns auf Kompromisslosigkeit!
Lasst uns offen und ehrlich lügen, fleißig gammeln
und platonisch ficken! Feiern wir eine Orgie der
Enthaltsamkeit, versinken wir in weltlich-vegetarische
Gelüste. Lassen wir uns zu einem Fleischsalat
der Entzückung verwursten! Wir sind der Döner
mit allem und extra Käse! Die gemischte Tüte
für 2 Mark beim Bäcker deiner Kindheit! Nieder
mit bescheidenen Entscheidenden! Nieder mit
Schwarz-Weiß, ab jetzt ist alles grau und gelb und
rot und lila-blassblau-grün-kariert und schwarz
und weiß grell und bunt. Aber alles grau!
Unentschlossenheit eröffnet neue Perspektiven!
Kein Mensch ist mündig! Hier und heute möchte
ich von euch ein ganz klares „Jein!" hören.

Seid ihr meiner Meinung? Jein!
Wollt ihr den Neubeginn? Jein!
Soll alles genau so bleiben, wie es ist? Jein!
Wir fordern alles! Wir fordern nichts!
Den Kopf im Sand, den Weg zum Ziele
sind wir nicht eins, wir sind ganz viele
Pan-homo-bi-heterophile
und fordern deshalb Brot und Spiele.

So. Das war erst mal das kleine Warm-Up. Einfach mal, um das Eis zwischen uns zu brechen. Damit ihr seht, dass ich auch nur ein normaler Mensch mit normalen Problemen bin. Vielleicht erzähle ich aber noch ein paar biographische Details zu meiner Person.

PRE-LIFE-CRYSIS

DER IMMENSE Leistungsdruck und der ständige Konkurrenzkampf hatten meine Psyche bereits zermürbt, bevor man mir die Chance gab, eine zu entwickeln. Man erwartet ganz schön viel von jemandem, der lediglich aus einem Zellkern und einem zappelnden Schweif besteht. Es galt sich gegen 150 Millionen Mitbewerber auf nur eine beschissene Stelle durchzusetzen. Als ich dann im Sommer 1985 bis in die mütterliche Eizelle vordrang, war ich nur noch ein Schatten meiner selbst. Obwohl ich mit meiner Lebensführung alles erreicht hatte, was ich überhaupt hätte erreichen können, stellte ich mir die Frage, ob ich denn überhaupt ein Leben führte. Ich hatte nichts. Keine Hobbys. Keine Freunde. Ganz im Gegenteil: Ich galt als introvertiert, freudlos und eigenbrötlerisch. Ich geriet immer tiefer in die Isolation. Ich litt unter Atemproblemen, Appetitlosigkeit und Klaustrophobie. Während ich vergeblich nach Luft rang, kamen die Wände zusehends näher. Hinzu kamen gravierende familiäre Probleme. Ich hatte es nicht leicht als Fötus eines unverheirateten Ehepaares und litt zudem zunehmend an Depressionen, Leistungsdruck und Burn-out. In meiner schwärzesten Stunde spielte ich mit dem Gedanken an Suizid, verwarf diesen aber wieder, da ich nicht über die motorischen Fertigkeiten verfügte. Stattdessen fing ich an, mich auf mich selbst zu konzentrieren. Ich investierte meine Energie in die Fortbildung meiner Kompetenzen, sodass ich im Mai 1986, nicht zuletzt dank meines Psychotherapeuten, diese turbulente Lebensphase überstand und zur Welt kam. Der Rest würde vermutlich ein *Kinderspiel* werden ...

Wie sich bald herausstellte, sollte der Rest meines Lebens doch nicht so einfach vonstatten gehen, wie ich mir das als unbeschwertes Putzerl so ausgemalt hatte. Man sieht es mir vielleicht nicht auf den ersten Blick an, aber ich habe eine harte Kindheit hinter mir. Ich bin quasi in einem echten Problembezirk groß geworden, nämlich im Kraichgau. Das klingt erst einmal komisch, aber der Ort, an dem ich aufgewachsen bin, Oberderdingen, liegt genau auf der Grenze zwischen Baden und Württemberg. Und wer sich ein bisschen mit lokalen Rivalitäten auskennt, der weiß: Die Gelbfießler und die Sauschwaben, die verstehen sich nicht. Also überhaupt nicht. Das ist ein echtes Krisengebiet. Das volle Programm: Minenfelder, Stacheldraht, Selbstschussanlagen, Experten sprechen vom sogenannten Nahwestkonflikt. Das war schon in meiner Schulzeit so. Auf dem Schulhof regierte der blanke Hass. Meine Mitschüler hatten alle genau die gleichen Sachen an, sie sprachen alle auf die gleiche Weise und hatten alle Nachnamen wie „Häge", „Hertle", „Häberle", „Schäferle". Ich konnte diese Menschen überhaupt nicht auseinanderhalten, aber aus irgendeinem Grund haben die sich auf den Tod gehasst. Man ist auf den Pausenhof gekommen und es wurden sofort Kinderlieder skandiert: „Ein Baum! Ein Strick! Ein Schwabengenick!!"

So war das damals. Aber für die nächste Geschichte ist eigentlich nur relevant, dass ich – nach schwierigem Start – gegen Ende meiner Schulzeit der Coolste in der Klasse war. Dann habe ich irgendwann das Metier gewechselt – ich war nicht mehr Schüler, sondern Lehrer. Deutschlehrer, um genau zu sein. Zweieinhalb Jahre lang. Und in dieser Zeit war es mir sehr wichtig, weiterhin der Coolste in der Klasse zu sein. Ich fürchte, ich habe nie ganz in meine Rolle als Autoritätsperson reingefunden. Das wurde mir spätestens auf einer Studentenparty bewusst.

LEHRERTEXT

ES IST FREITAGABEND und ich habe mich überreden lassen, auf diese Studentenparty zu gehen, auch wenn ich im Grunde genommen gar kein Student mehr bin und mittlerweile die schummrige Atmosphäre einer Bar mit echten Gläsern den grellen Leuchtstoffröhren und beschrifteten Plastikbechern meines alten Studentenwohnheims vorziehe. Und ich merke schon bald, dass das Ganze eine denkbar schlechte Idee war.

„Du bist echt spießig geworden!“, sagt mein ehemaliger Mitbewohner Mölli, der sich mit seinem vierten angebrochenen Studium, seinen kaum noch voneinander trennbaren Dreadlocks und seinem bald dreizehnjährigen Aufenthalt in Zimmer 702 völlig zurecht für überhaupt nicht spießig hält.

„Wieso spießig?“, frage ich, während ich meinen mitgebrachten Rotwein in meinem mitgebrachten Rotweinglas schwenke und bedächtig daran nippe.

„Na ja! Es ist schon halb zwölf und ... früher hättest du um diese Uhrzeit schon vom Balkon gepinkelt, ein Mädchen geküsst, dich mit einem Jurastudenten angelegt und den Feueralarm ausgelöst.“

„Ich lasse es inzwischen halt gelassener angehen“, antworte ich gelassen und schiele missgünstig zu einer Gruppe Unternehmensjuristen, die man unschwer an ihren ordentlich gescheitelten Haaren, den teuren Poloshirts, den bunten Chinohosen und an ihren mitgebrachten Rotweingläsern erkennen kann.

Ich lasse Mölli mal eben Mölli sein und versuche mich unter das Volk zu mischen, wobei ich mein Rotweinglas schuldbewusst gegen eine Dose lauwarmes 5,0 Original-Pils eintausche.

Der DJ ist ein anderer als zu meiner Zeit, die Playlist ist dieselbe. Ich schaue auf die Uhr und stelle fest, dass es noch ungefähr eine Stunde dauern wird, bis betrunkene Maschinenbauingenieure sich hinter den PC setzen werden, um David Guetta und die Black Eyed Peas durch die Ärzte und System of a Down zu ersetzen.

Ich gehe so lange auf den Balkon und borge mir eine Zigarette von einem Mädchen, das ein Piercing in der Nase trägt. Als ich sie um Feuer bitte, fragt sie mich weder, ob ich denn wenigstens selber rauchen könne, noch kündigt sie an, dass die Gasrechnung folgen werde. Das finde ich sympathisch.

„Und? Was studierst du eigentlich?“, fragt sie mich, und ich zögere einen kleinen Augenblick.

15 Stunden zuvor:

„Herr Vlachopoulos!“

„Ja, Ferhat?“

„Kann ich kurz aufs Klo?“

„In fünf Minuten ist Pause. Kann das nicht warten?“

„Aber ich muss Groß, Herr Vlachopoulos ...“

„Meinetwegen, dann geh halt.“

Als Slampoet habe ich mich immer gefreut, wenn mich Menschen auf der Straße wiedererkannten und auf meine Arbeit ansprachen. In meinen sieben Jahren als Bühnenpoet ist das dreimal passiert. Seit ich Lehrer bin, hat meine Prominenz zumindest in meiner Stadt ein ganz neues Level erreicht.

„Herr Vlachopoulos, isch hab Sie in Fitnesstudio gesehen.“

„Das war ich nicht“, lüge ich.

„Amina koyim, isch hab doch gesagt, der war des nischt.“

„Doch, isch hab Sie auf Hantelbank geseh’n. Sie haben kein Luft mehr gekriegt. Sie hatten genau die gleischen gepunkteten Socken an wie jetzt.“

„Schlagt das Buch auf Seite 72 auf!“, rette ich mich wie immer, und wie immer schlägt niemand das Buch auf Seite 72 auf.

„Welsche Seite sollen wir aufschlagen?“

„72.“

Kurze Pause.

„Äh. Welsches Buch sollen wir aufschlagen?“

„Das Deutschbuch.“

Leerer Blick. Kurze Pause.

„Äh. Was sollen wir machen?“

„Das Deutschbuch aufschlagen. Auf Seite 72.“

Etwas längere Pause.

„Herr Vlachopoulos! Isch hab mein Deutschbuch nisch dabei.“

„Dann guck bei deinem Nachbarn rein!“, sage ich.

Kurzer Augenkontakt mit dem Nachbarn, wieder Pause.

„Herr Vlachopoulos! Isch hass den!“

Immer wenn ich denke, die Jugend von heute bestehe nur aus hirnverbrannten TV-Sklaven und Internetzombies mit der Konzentrationsfähigkeit einer Stubenfliege, die versucht ein Gebäude durch ein geschlossenes Fenster zu verlassen, erinnere ich mich an meine eigene Schulzeit und stelle zufrieden fest, dass sich rein gar nichts verändert hat. Vielleicht sind die Schüler sogar ein wenig schlauer geworden. Zumindest haben sie mehr Apps als wir damals. Außerdem sind meine Schüler sehr wohl interessiert. Wenn auch an den falschen Inhalten.

„Herr Vlachopoulos, was verdiene Lehrer?“

„Das tut nichts zur Sache, Ugur.“

„Habe Sie schon um zwölf Feierabend oder was?“

„Nein, habe ich nicht“, sage ich. An diesem Tag habe ich um halb elf Feierabend, gebe das aber nicht zu.

So wenig es mir auch gelingen mag, meine Schüler für den Geist der Sturm-und-Drang-Zeit zu begeistern, so sehr haben sie sich in den Kopf gesetzt, alles über mein Privatleben ans Tageslicht zu befördern.

„Herr Vlachopoulos, was ging eigentlich so beim Studiere? Sie habe bestimmt gegebe, oder? Komm, sag doch, Bruda …“

Meine Schüler denken aus irgendeinem Grund, mein Studium habe nur aus Trinken, Feiern und dem Schwänzen von Seminarveranstaltungen bestanden, aber was wissen die schon? Ich habe damals schließlich auch viel Computer gespielt. Glückliche Zeiten waren das …

Es ist schon komisch, Lehrer zu sein. Ich meine, man kommt in die Schule und denkt, dass das ganze Leben vor einem liege, dass alle anderen scheiße und man selbst ziemlich tadellos ist. Dann geht man studieren und denkt, dass der größte Teil seines Lebens noch vor einem liege, dass die meisten anderen echt scheiße und man selbst ein ziemlich korrekter Typ ist, der manchmal falsch verstanden wird. Und irgendwann geht man arbeiten und merkt, dass alles scheiße ist. Die einen, die anderen, man selbst, das Leben und überhaupt vor allem die anderen! Sonst ist eigentlich alles beim Alten. Ich würde nicht sagen, dass mein Job mich verändert hat. Ich trage immer noch hippe Chucks, spiele gerne Half Life und höre immer noch angesagte Bands wie *Die Strokes* oder *Franz Ferdinand*.

„Wen??“, fragt das Mädchen mit dem Nasenpiercing. Sie hat noch nie von diesen Altmännerbands gehört.

„Ich wollte eigentlich nur wissen, was du studierst …“, bohrt sie nach. Es ist Punkt halb ein Uhr nachts. Ein betrunkener Maschinenbaustudent hat „Chop Suey“ von *System of a Down* in die Playlist gezogen und alle betrunkenen Nerds singen auf einmal schief und durcheinander „Wake up! Hänänänänänänänä make up!!“

„Ach so, ja ... Ich bin arbeitslos“, höre ich mich sagen, damit sie nicht auf die Idee kommt, weitere Fragen zu stellen, als ich plötzlich aus der anderen Ecke des Raumes eine vertraute Stimme vernehme.

„Herr Vlachopoulos“, dröhnt es in meinen Kopf, und ich verstecke meine Zigarette in meinem Bier.

„Darf isch aufs Klo gehen?“

„Ferhat, wir sind auf einer Party“, sage ich.

„Aber isch muss Groß, Herr Vlachopoulos“, sagt Ferhat.

„Na meinetwegen...“, antworte ich und trinke mein Bier aus.

Ich muss ja zugeben, dass der Beruf des Lehrers im letzten Text nicht so wahnsinnig cool rüberkommt. Man könnte fast sagen, das Ansehen des Lehramts habe in den letzten Jahren ein wenig gelitten. Also zumindest mir ist es noch nie passiert, dass ich auf eine Party gekommen bin und gesagt habe: „Hey Leute, ich unterrichte!“, und alle dann so: „Waaas?? No way! Krass! Ich hab noch nie 'nen Lehrer getroffen. Darf ich ein Selfie machen?“ Das passiert einfach nicht. Was schade ist, denn es ist ein sehr schöner Beruf. Und ein wichtiger. Man bereitet Menschen aufs Leben vor, prägt ihren Charakter, formt ein Stück weit die Zukunft mit ... Es ist ein toller Beruf. Ich war wirklich für mein Leben gern Lehrer! Also ich bin gottfroh, dass ich es nicht mehr bin, aber es gibt so unglaublich viele gute Gründe, Lehrer zu werden: Herbstferien, Weihnachtsferien, Winterferien, Osterferien ... die Liste ist endlos! Und natürlich die Sicherheit. Ich meine, ich bin jetzt freischaffender Künstler, ich werde vermutlich in drei Jahren in Altersarmut sterben. Das würde mir als Lehrer nicht passieren. Als Lehrer bist du safe. Deswegen haben mich meine Kollegen auch für verrückt erklärt, als ich im Lehrerzimmer verkündet habe, dass ich meine Stelle kündige, um von der Kunst zu leben. Die hättten am liebsten einen Exorzisten gerufen: „Waaas? Künstler?!?Bist du bescheuert? Das ist doch brotlos! Was ist denn mit der Sicherheit? Ich meine, du bist Lehrer! Hier im Lehrerzimmer ist es doch so schön sicher!“ Ich habe die Entscheidung auch wahnsinnig lange vor mir hergeschoben und einen epischen inneren Konflikt ausgefochten. Aber irgendwann kam der Punkt, an dem ich mich mir gegenüber durchgesetzt habe. Ich habe auf den Tisch gehauen, meine Entscheidung verkündet, mein Programm fertiggeschrieben, den Job gekündigt, ich durfte Premiere feiern in einem echten Kleinkunsttheater. Vorher habe ich mich backstage mit dem Veranstalter unterhalten. Er fragte mich: „Und? Was hast du früher so gemacht?“, da sagte ich: „Joa ... ich war Lehrer.“ Darauf meinte er: „Waaas? Du warst Lehrer?! Bist du bescheuert? Das ist doch alles brotlos hier!“ Man sieht also, es ist nicht ganz einfach mit der Kunst. Aber manchmal denke ich auch, dass diese ganzen Menschen vielleicht recht haben. Vielleicht sollte ich mir wirklich ein bisschen mehr Gedanken um meine Zukunft machen. Gerade auch in finanzieller Hinsicht. Deshalb bin ich irgendwann ins Internet gegangen. Dort habe ich mir 20.000 Autogrammkarten drucken lassen. So als kleine Investition in die Zukunft. Und ich muss sagen, das war eine bombensichere Altersvorsorge. Alle 20.000 Karten sind noch da. Die habe ich ein Leben lang! Und zwar ohne jeden Wertverlust!

Aber was ich tatsächlich vermisse, ist die Nähe zu den Schülern. Der Kontakt zu den jungen Leuten. Ich habe damals einfach jeden Trend und jeden Hype an vorderster Front miterleben dürfen. Und eine Sache, die mich besonders fasziniert hat, war so eine Trenderscheinung, die sich durchgesetzt hat, kurz bevor ich den Schuldienst verließ. Meine ausländischen Mitschüler hatten es sich damals zur Gewohnheit gemacht, ihre deutschen Mitschüler zu beleidigen, indem sie ihnen deutsche Vornamen gaben. Und ich weiß nicht, wie ihr euch fühlt, wenn ihr das jetzt lest, aber ich als Bildungs- und Erziehungsbeauftragter fand das natürlich superwitzig. Deswegen habe ich mich hinreißen lassen, diesem Trend zu folgen. Ich wollte schon seit geraumer Zeit eine Stellungnahme über den neuen Rechtsruck in unserer Gesellschaft verfassen, und meine Schülerinnen und Schüler haben mir den perfekten Dreh dafür geliefert. Danke, ihr Murats und Sergejs und Aylins!

WAS LOS DU OTTO?

ICH BIN BESORGT. Ich fühle mich nicht mehr sicher. Weil sich mein Land verändert. Ich meine, es ging uns doch so gut wie seit Jahrzehnten nicht mehr – und plötzlich sind die da. Die, die unsere Kultur verändern wollen. Erst wollten die den Euro abschaffen. Jetzt wollen die, dass wir die Grenzen dicht machen und drei Kinder zeugen. Die wollen sich hier breitmachen und unser schönes, intaktes Deutschland von innen heraus kaputt machen. Weil sie, jetzt kommt's, sich bedroht fühlen. Und vernachlässigt. Und unfair behandelt. Und das ist ziemlich witzig, weil sie weiße, christliche Westeuropäer sind. Und da frag ich mich ja manchmal schon: Was ist los mit dir, du Otto? Du gehörst schon mit deiner Geburt zum privilegierten Zehntel der Welt. Wenn du dann irgendwann aufwachst und feststellst, dass dein Leben scheiße ist, dann kannst du dir fast sicher sein, dass du nicht von einer ausgrenzenden Gesellschaft über Jahrhunderte systematisch kleingehalten wurdest, sondern dass du einfach scheiße bist, du Walter.

Und dann hilft es auch nichts, dass du deutsch und scheiße bist. Ernsthaft. Gründet dein gesamter gesellschaftlicher Beitrag wirklich auf der Kompetenz, an einem bestimmten Ort geboren worden zu sein? Also korrigier mich, wenn ich falsch liege, aber jeder Mensch wurde schon mal geboren. Die einzige

Leistung, die du erbracht hast, ist, dass du seit deiner Geburt deinen Arsch nicht vom Fleck bewegt hast. Was hast du denn gemacht, um Deutscher zu werden, du Thorsten? Du hast noch nicht mal deine Sprache gelernt. Du hast sie dir vielmehr als Kind angeeignet. Durch Imitation. Spielerisch. Das ist keine Leistung. Jeder Mensch, der die deutsche Sprache als Zweitsprache erlernt hat, hat mehr Arbeit ins Deutschsein gesteckt als du! Das ist nämlich echt nicht einfach mit unseren unnötigen grammatischen Geschlechtern, den inkonsequenten Präpositionen und den nicht enden wollenden, aus anderen Teilen der Welt stammenden Lernern der deutschen Sprache schlaflose Nächte bereitenden, theoretisch unendlich in die Länge ziehbaren vorangestellten Partizipialattributen. Haste nich verstanden jetzt, oder? Natürlich nicht. So was zu lernen ist ja auch Arbeit! Und selbst wenn du dir den Reichsadler mit Pils und Pommes auf die Glatze tätowieren lässt, dann ist das immer noch bequemer als diese Sprache zu lernen.

Also hör auf, dir etwas auf deine Abstammung einzubilden, du Philipp! Du hast keine Feinde. Glaubst du wirklich, die linke Gutmenschenverschwörung will dein Land kaputt machen, indem sie alle Reichtümer, die dir zustehen, lieber den Ausländern schenkt? Ist das deine Argumentation? Wirklich? Dass kleine rotgrüne Gnome jeden Morgen aufstehen und denken: „Hmmmm, wie kann ich denn heute das deutsche Volk quälen? Ich hab's! Ich werde Transvestiten wie Menschen behandeln! Das wird ihnen den Rest geben. Huhahaha!“

Warum hast du Angst vor Gespenstern? Homoehe, Gender-Wahnsinn, Überfremdung?

Glaubst du, der brave deutsche Bürger wird dann durch muslimische Lesben ersetzt, du Rudi? Ich würde gerne sehen, was passiert, wenn alle nicht deutschstämmigen Menschen zurück in ihre Heimat gehen würden. Aber dann müsste ich wahrscheinlich nach Griechenland ziehen und da hab ich keinen Bock drauf. Weil ... weil ... Ich mag Geld. Deswegen. Aber wer soll denn deine Rente zahlen, wenn nicht die Ausländer? Weißt du, was passiert, wenn nur noch du und deine Kumpels sich hier vermehren? Nix! Weil niemand mit dir schlafen will, du Peter!

Deswegen brauchen wir, wenn wir unseren Lebensstandard halten wollen, bis 2050 über eine halbe Million Zuwanderer pro Jahr. Das sind 'ne ganze Menge Ausländer. Und die werden auch kommen. Und dann wird sich hier einiges ändern. Nämlich vor allem, dass ich mir meinen Wanst mit Babaganoush und gefüllten Datteln vollschlagen werde. Und mit Yassa. Das ist ein nordafrikanisches Gericht, in dem Geflügel, Fleisch und Fisch drin ist.

Und das lass ich mir sicher nicht von einem Jürgen wie dir kaputt machen. Also fang lieber an, dich in diese Gesellschaft zu integrieren. Oder auch nicht. Mir eigentlich egal. Dann bleibst du halt draußen. Weil du so'n richtiger Martin bist, du Jochen.

So viel zum obligatorischen Rechtenbashing. Ich werde versuchen, das im weiteren Verlauf des Buchs ein wenig einzudämmen, denn eigentlich bekommt diese komische Partei bereits genug Aufmerksamkeit geschenkt. Statt also über diese komische Partei zu sprechen, möchte ich mich viel lieber mit Ängsten auseinandersetzen. Im Grunde genommen sind ja die wenigsten Menschen, die diese komische Partei gewählt haben, wirklich passionierte Vollblutnazis. Die meisten sind einfach nur Menschen, die verunsichert sind. Leute, die Angst bekommen haben. Und dann ist diese Partei aufgetaucht, hat ihnen Sicherheit versprochen, Ende der Geschichte. Das Problem dabei ist, dass niemand den Menschen verübeln kann, dass sie verunsichert sind. Wir leben ja immerhin im Zeitalter der Unsicherheit. Uns wird von morgens bis abends Angst eingeflößt. Das geht schon bei den Zigarettenschachteln los. Ich kann nicht mehr in Ruhe eine rauchen, ohne von irgendwelchen fauligen Zähnen oder gemetzgerten Zehen belästigt zu werden. Niemand traut sich mehr zu rauchen. Schaut man sich um, wird man feststellen, dass es kaum noch Raucher in Deutschland gibt. Weil alle weggestorben sind. Also vielleicht ist die Angst auch berechtigt. Aber manche dieser Bilder sind auch nicht ganz konsequent. Zum Beispiel gibt es da dieses Schockbildchen von diesem kleinen blonden Mädchen, das einen Schnuller im Mund hat. Und aus dem Schnuller guckt eine Zigarette raus. Und eine dicke Träne kullert die Wange runter. Das ist mein Lieblingsschockbild – weil es nämlich überhaupt nicht schockierend ist. Das ist einfach nur niedlich. Das schreckt niemanden ab. Das ist so harmlos, das könnte man sich bequem ins Wohnzimmer hängen. Ich habe Freunde, die haben Bilder von ihren eigenen Kindern im Wohnzimmer hängen, die sind abschreckender als das.

Oder Essen! Die Leute haben mittlerweile Angst vor ihrem eigenen Essen. Vor Kurzem waren die Eier vergiftet. Davor war es die Tiefkühllasagne, davor waren es die Gurken, davor die Sojakeime ... Ist ja auch kein Wunder, wenn wir uns ansehen, wie unser Essen hergestellt wird. Hühner wachsen in ihrem eigenen Mist auf. Deswegen werden sie mit Antibiotika vollgestopft. Dann werden sie geschlachtet und in Plastikfolie verpackt, die Bisphenol A enthält. Dann ess ich das Ganze und mir wachsen Brüste. Meiner Freundin nicht, aber mir wachsen Brüste! Und trotzdem isst der Durchschnittsmensch in der westlichen Gesellschaft im Laufe seines Lebens über 900 Hühner. Ein Mensch! 900 Hühner! Alle in meinem Bauch drin. Das nenne ich mal Massentierhaltung! Aber das unangefochtene Angstthema Nr. 1 ist derzeit immer noch der Terrorismus. Ich selbst bin ja der Meinung, dass man allen Dingen auf der Welt etwas Gutes abgewinnen kann – auch dem Terrorismus. Rein theoretisch hat 9/11 zum Beispiel über zwei Millionen Hühnern das Leben gerettet. Das Glas ist halb voll! Kurz nach dem Terrorangriff auf Westminster 2017 ging übrigens ein fotografiertes Informationsschild des Londoner U-Bahn-Betriebs viral. Auf diesem war folgender Text zu lesen: „All terrorists are politely reminded that THIS IS LONDON. And whatever you do to us, we will drink tea and jolly well carry on. Thank you!" Es stellte sich schnell heraus, dass das Foto eine Fälschung war. Dennoch wurde es millionenfach im Internet geteilt und sogar von britischen Parlamentariern zitiert, weil es den Nagel auf den Kopf trifft. Genau das ist der richtige Umgang mit Ängsten.

ANGST

Der Himmel färbt sich dunkelrot,
die Zeichen sind verdächtig.
Die Welt hat uns belogen
und die Zeit hat uns verängstigt.
Der Schutz ist aufgehoben,
und wer klein ist, ist zerbrechlich.
Drum fühlst du dich bedroht,
und deine Zweifel sind berechtigt.
Ich meine, wer bist du denn überhaupt?
Mittelstandslarve der Generation Wäääh!!
Ein notorischer Goldfisch, ein moderner Goblin,
die fleischgewordene Alternativlosigkeit.
Und in nichts, aber auch in überhaupt
gar nichts, bist du mal der Beste.
Du bist nicht einmal der Beste darin, du zu sein.
Christoph Waltz wäre ein viel besserer Du als du!
Deine Sprache, eine Melange aus Konjunktiven,
Paraphrasen, Wiederholungen und und
und und und und Wiederholungen.
Du überlässt nichts dem Zufall.
Morgens putzt du dir die Zähne
sicherheitshalber mit Aronal und Elmex,
dein Spiegelbild spiegelt sich in
deiner eigenen feuchten Stirn,
dein Angstschweiß riecht nach Old Spice.
Du bist so verunsichert, bevor du Google googelst,
googlest du erst mal „Wie googelt man Google?"

Du steigst in den Zug und hast eigentlich Anrecht
auf deinen Comfortplatz, aber du traust dich nicht,
den Rüpel, der da sitzt, darauf hinzuweisen.
Du bist so unsicher! Eigentlich ist unzweifelhaft klar,
dass ihr beide aufeinander steht, aber du traust dich
trotzdem nicht den ersten Schritt zu machen. Auf Tinder.
Und weißt du was? Das alles ist völlig normal.
Du bist nicht unsicherer als alle anderen!
Alle Menschen sind unsicher! Glaub ich … Jeder
einzelne Mensch hat seine persönlichen
Makel und geheimen Komplexe!
Der eine hat zu kleine Hände, der andere
hat zu lange Ohrläppchen, oder der da!
Mit dem Gesicht. Krass, oder? Iiiiiih.
Jeder ist wegen irgendwas unsicher. Aber
eigentlich ist das völlig egal, denn es kommt einzig
und allein auf die richtige Perspektive an!
Du denkst, du bist hässlich? Egal! 90 Prozent deiner
Zeit kannst du dich zum Glück gar nicht sehen. Stell
dir vor, dein Partner würde aussehen wie du …
Du denkst, du bist scheiße? Egal! Dafür bist du nicht arm!
Du denkst, du bist arm? Egal! Dafür bist du nicht scheiße!
Du bist arm und scheiße? Pffffff... Dafür
bist du nicht dumm! Geh auf die Uni!
Du bist zu dumm für die Uni? Gut! Dann
bist du ein ganz normaler Student!
Du hast kleine Titten? Immerhin bist du nicht Sophia
Thomalla! Außer du bist Sophia Thomalla …
Du hast einen kleinen Penis? Was soll's? Immerhin!
Steht dir! Wer weiß, für was es gut ist? Vielleicht
bist du dadurch ein sehr guter Hürdenläufer …

Gott, über was sich die Menschheit nicht schon alles sicher war! Das geozentrische Universum! Schädelkunde! Lobotomie! Den Wahlsieg von Hillary Clinton!
Aus gespielter Sicherheit entstehen die gröbsten Fehler! Heinrich Kramer wusste, dass für ungewöhnliche Krankheitsverläufe nichts anderes als Hexen verantwortlich sein können.
Edward Clarke wusste, dass das weibliche Gehirn weniger leistungsfähig ist als das männliche. (Seine Mutter wusste es besser.)
George Bush wusste, dass der Irak Massenvernichtungswaffen versteckt.
Also was ist denn so toll an selbstsicheren Menschen?
Selbstsichere Menschen drängeln sich in Warteschlangen vor. Selbstsichere Menschen fordern ihre Mitreisenden im ICE auf, den Bahn-Comfort-Platz für sie frei zu machen. Selbstsichere Menschen nehmen sich, was sie wollen. Selbstsichere Menschen grabben einfach die Pussy, wenn ihnen danach ist. You can do anything!
Also warum nicht einfach mal ehrlich sein?
Einfach mal zugeben, dass man unsicher ist!
Einfach mal sagen: Du, ich bin da anderer Meinung … aber das verrat ich dir nicht.
Einfach mal sagen: Ich bin nicht schweigsam, weil ich arrogant bin. Ich kenne nur nicht so viele Wörter.
Einfach mal sagen: Verzeihen Sie bitte, aber ich muss immer fluchen, wenn ich verunsichert bin, Sie Fotze.
Einfach mal sagen: Ja, mein Penis ist sehr klein, aber schau mal, wie ich über den Zaun da springen kann!
Nein. Es sind nicht die unsicheren Menschen, von denen Gefahr ausgeht, sondern die, die ihre Selbstsicherheit

aus einfachen Welt- und Feindbildern beziehen. Denn natürlich ist es einfacher, die Schuld fürs eigene Unwohl den Syrern, den Juden, dem Islam, Angela Merkel oder den Reptilluminazis zuzuschreiben. Ein klares Feindbild. Monokausale Antworten. You can do anything! Aber solche Antworten haben der Realität noch nie gerecht werden können. Die Welt ist viel komplexer und leider viel unheimlicher.
Der Himmel färbt sich dunkelrot,
die Zeichen sind verdächtig.
Die Welt hat uns belogen
und die Zeit hat uns verängstigt.
Wir fürchten, was uns fremd erscheint,
doch bleibt uns die Erkenntnis.
Vielleicht hast du's gemerkt,
auch wenn es ungewöhnlich klingt,
dass manche Ängste ganz am Ende
wohl unbegründet sind.

Angst kann man nur vor dem Unbekannten, dem Unvorhersehbaren haben. Wenn man sich aber auf das Unvorhersehbare einstellt, ist es ja gar nicht mehr unvorhersehbar. Denn wie sagte schon der große Philosoph Lou Sokrates Hip van Cool in seinem Hauptwerk, dem Anagrammikon? „Es ist wirklich knifflig, einer Geschichte, deren Ende man bereits im Titel das Attribut ‚unvorhersehbar' verliehen und es damit selbstverständlich jeglicher Unvorhersehbarkeit beraubt hat, ein Ende angedeihen zu lassen, das den Rezipienten, obgleich er sich bereits auf das Unvorhersehbare eingestellt hat, zu überraschen vermag." Dann explodierte das Universum. Ich glaube, ich kenne jetzt den Grund für meine Angst!

KOSMOPHOBIE

MANCHMAL FRAGE ICH MICH nach dem Grund für meine Kosmophobie. „Kosmophobie, nanu, schönes Wort, wo hat er das denn jetzt wieder her?", wird sich der eine oder andere Hobbylexikograph jetzt vielleicht fragen. „Ganz einfach", werde ich ihm dann sagen, „Kosmophobie ist ein pathologischer Fachterminus, der die panische Angst vor allem und jedem bezeichnet, also einen neurotischen Zustand ständiger Verunsicherung bei rasendem Puls und kalten Schweißausbrüchen, bei dem man jeden Menschen um sich herum als kategorischen Feind und unkalkulierbares Risiko klassifiziert. Wer an einem Ostersamstag mal bei IKEA einkaufen war, weiß, wovon ich rede. Ein vielsilbiges Wort, ein medizinisches Wort ist das, und ich muss das wissen, schließlich habe ich es selbst erfunden."

Ich hab das jetzt schon eine ganze Weile studiert, und nach intensiven Recherchen und jahrzehntelanger

Beobachtung bin ich nun der erste Fall, bei dem ich Kosmophobie diagnostizieren konnte. „Keine Angst", versuche ich mir seither einzureden, „ich bin in den Händen eines Profis. Mein ganzes Leben lang habe ich mich damit auseinandergesetzt, ich kenne mich da aus." Aber irgendwie funktioniert das nicht, ich hab trotzdem Angst, was aber eigentlich auch kein Wunder ist, schließlich bin ich ja kosmophob.

Jedenfalls habe ich vor einiger Zeit beschlossen, mich wegen der Kosmophobie in Therapie zu begeben. Da ich aber vor allen Menschen außer mir selbst Angst habe, bin ich der einzige, bei dem ich mich therapieren lassen will. Manchmal beschleicht mich allerdings das Gefühl, dass ich ein Quacksalber bin. Trotzdem ziehe ich mich einmal pro Woche in mein Refugium zurück (wo ich eigentlich auch den gesamten Rest meiner Zeit verbringe), um intensive Beratungsmonologe zu führen.

„Und? Was ist uns denn diese Woche Schlimmes passiert?", frage ich mich meistens zu Beginn, und erzähle mir dann, dass ich mit dem Knie gegen meinen Schreibtisch gestoßen bin, was furchtbar wehgetan hat, und wenn da ein rostiger Nagel aus dem Holz geguckt hätte, dann hätte ich mir womöglich Tetanus eingefangen und wäre jämmerlich verreckt. Interessant, denke ich dann, aber der Ursache für meine Kosmophobie bringt uns das jetzt auch nicht näher. Ich glaube nämlich, der eigentliche Grund für meine Kosmophobie liegt weiter zurück. Als ich noch gearbeitet hab, da in der Tupperfabrik zum Beispiel, weil ich gedacht hab, Tupper ist sicher, was kann dir Tupper schon Böses tun, von wegen! Eine Todesfalle war das!, Da hab ich gelesen, wie die Weichmacher in den Plastiktupperschüsseln über die Mundschleimhäute und die Poren aufgenommen werden und man langsam und qualvoll an Krebs stirbt. Aber der Grund für meine Kosmophobie muss noch weiter zurückliegen. Und dann erzähle ich was von meiner Jugend beim Diskotanzen, also Diskotänzer war ich ja jetzt eigentlich gar nicht so mit Leib und Seele, aber meine Eltern hatten darauf bestanden, dass ich das mit dem Alkohol doch wenigstens mal versuchen soll. Ich erzähle da jedenfalls so, wie jemand neben mir ein Glas hat fallen lassen und wie ich mir um Haaresbreite die Halsschlagader aufgeschnitten hätte an den Scherben da auf dem Boden, so knapp war das, jämmerlich verblutet wäre ich da fast, ich hätte nur ausrutschen und hinfallen müssen. Aber ich glaube, der eigentliche Grund für meine Kosmophobie liegt noch weiter zurück.

Und dann erzähle ich von meiner Zeit beim Fußball, also nicht, dass ich jemals Fußball gespielt hätte, im Gegenteil, ich liebe das Leben, aber ein guter Freund von mir hat damals quasi semi-professionell gespielt, und als ich ihn zum Tuppern abholen wollte, Tupper war nämlich meine große Leidenschaft als Kind, an Tupper kann man sich nicht schneiden, wie naiv ich doch war, da bolzte jemand die Kugel daher, dass es nur so donnert. Und das zischende Lederprojektil rast voll auf mich zu, knallt mir aufs Kinn, und meine Zunge schon so unterwegs Richtung Luftröhre und ich schon voll am Hyperventilieren vor lauter Angst vorm Ersticken. Bin dann letztendlich doch mit dem

Schrecken davongekommen, aber dann war Schluss mit der Freundschaft, und zu den Bambinis bin ich auch nie wieder gegangen. Aber ich glaube, das war auch nicht der wahre Grund für meine Kosmophobie. Der wahre Grund liegt nämlich, glaube ich, noch viel viel weiter zurück.

Ich kann mich auch ganz gut erinnern, es war ein ruhiger mollig warmer Nachmittag, ein Sonntag muss das gewesen sein, aber damals war ja praktisch jeder Tag Sonntag, jedenfalls erschien plötzlich ein grelles Licht aus der Ferne und eine gigantische Hand griff nach mir, die zerrte mich raus in die Kälte, „Es ist ein Junge", hieß es, und ich glaube, das war der Anfang und die eigentliche Ursache für meine Kosmophobie.

Ich möchte allen Leserinnen und Lesern an dieser Stelle versichern, dass ich nicht in dieses Land gekommen bin, um irgendeinem braven Deutschen die Frau und den Arbeitsplatz wegzunehmen. Falls es die Absicht eines mir unbekannten braven Deutschen gewesen sein sollte, exakt dieses Buch hier zu schreiben, dann habe ich das wohl aus Versehen doch getan. Zumindest bin ich aber nicht deswegen hierhergekommen. Ich war schon immer Teil des Problems. Denn als Migrant zweiter Generation bin ich ja gar kein Migrant mehr. Ich bin hier in diesem Land aufgewachsen und sozialisiert worden, ich betrachte mich selbst als deutsch. Als sehr deutsch. Urdeutsch sozusagen. Und dennoch gibt es ein seltsames Phänomen in unserer Gesellschaft, das meinem Urdeutschtum im Wege steht. Eine Haltung von Menschen, die es gar nicht böse mit mir meinen. Im Gegenteil. Ich rede von Leuten, die eigentlich nett sein wollen, aber in ihrem Enthusiasmus passiert etwas Seltsames. Sie heißen mich willkommen. Und das ist eigenartig. Das lässt eine Distanz entstehen, wo gar keine sein dürfte. So ist es zum Beispiel schon häufiger vorgekommen, dass ich nach einer Lesung für mein sehr gutes Deutsch gelobt wurde. Wie gesagt: Ich bin in diesem Land geboren. Ich bin hier zur Schule gegangen, ich habe hier Germanistik studiert, ich habe hier Deutsch unterrichtet. Da habe ich sprachlich doch das eine oder andere aufgeschnappt. Musste nicht mal 'nen Sprachkurs machen. Da bin ich Autodidakt. Besonders befremdlich ist dieses Lob vor allem aus dem weißwurschdkolorierten Mundartarsenal angeschwipster Bayern. „Hoatzn foazn gaudi, ihr Deutsch is aba suapa!" Ich antworte dann meist so etwas wie: „Üben, üben, üben! Bleiben Sie einfach dran, dann schaffen Sie das auch." Jedenfalls möchte ich mit einem kleinen autobiographischen Schwank für eben diesen kuriosen Sachverhalt sensibilisieren.

BÜRGER MIT INTEGRATIONS-HINTERGRUND

„EY, DU BIST DOCH Kanake, warum schreibst du eigentlich nich ma' so'n lustigen Kanakentext oder so? So'n bisschen Kartoffelbrei machen, so Bülent-Ceylan-Style, weißte?", fragte man mich. „Weiß nicht!", antwortete ich und fand die Argumentation stringent und plausibel genug, um der Frage nicht weiter nachzugehen, bis ... ja bis eine Person, von der ich nie erwartet hatte, dass sie sich irgendeiner Sache bewusst war, mich einer Sache bewusst machte!

Ich hatte Yunis seit der Realschule nicht mehr gesehen, oder besser gesagt: seit er von der Realschule geflogen war. Yunis war damals der Pausenschläger gewesen, ein spanisch-tunesischer Kampfrüde mit Integrationsschwierigkeiten und Fäusten rau wie Straßenbelag und groß wie Kopf. Sein Kopf. Und wie damals wagte ich es auch heute nicht, ihm zu widersprechen. Wir waren uns in der Stadtbahn begegnet, und obwohl ich wusste, dass wir beide aus dem Prügelalter rausgewachsen waren, haftete meinem Verhalten ihm gegenüber noch immer eine gewisse Scheu an. Unser Gespräch hatte mit den üblichen Begrüßungsfloskeln und trivialem Smalltalk begonnen, wo und wann wir unsere ehemaligen Klassenkameraden gesehen hatten und zu wem wir noch Kontakt hielten, als das Gespräch eine überraschende Wendung nahm: „Und? Was machst du so?“, erkundigte er sich mit, zumindest für seine Verhältnisse, überraschender Höflichkeit; immerhin war ich Zeit meines Lebens sein Prügelknecht gewesen. „Ich stu...“ (räuspern) „Ich studiere“, antwortete ich überrascht. „A was! Studiere? Net schlecht. Was?“ „Deutsch und Englisch.“ „Boaaah! Englisch, Alter!! Englisch isch schwer“, meinte er und bezog sich damit wahrscheinlich auf den analytischen Charakter des englischen Satzbaus, der Sprechern synthetisch flektierender Sprachen, wie es das Deutsche nun mal ist, kantig und umständlich vorkommen mag. „Aber Deutsch isch ja einfach!“, fuhr er fort und bestätigte fast meine Annahme, als er unvermittelt hinzufügte: „Obwohl! Du bisch Ausländer, ge? A dann isch schwer ...“ Und mit einem Mal fiel der Schleier der Selbsttäuschung! Yunis hatte voll ins Schwarze getroffen.

„Ey, du bist doch Kanake“, spukte es durch meinen Kopf, und ein Gedanke bohrte sich unnachgiebig durch meine Synapsen. „Bülent-Ceylan-Style! Ceylan-Style! Ceylan-Style! Ceylan-Style Ceylan-Style Ceylan-Style ... !!“ Stundenlang noch litt ich unter dem schonungslosen Echo meines Unterbewusstseins, bis ich die Wahrheit erkannte. Ich bin kein Kanake! Ich bin kein Ausländer mehr. Zumindest kein richtiger. Und doch bin ich das Opfer einer völlig neuen Form sozialer Ausgrenzung. Nicht der traditionellen Diskriminierung. Niemand verbietet mir, meine Sprache zu sprechen oder meine Religion auszuleben, (gesetzt den Fall) ich hätte irgendein Anliegen darin, meine Religion auszuleben. Ich werde nicht gemobbt und nicht unterdrückt, kein Mensch richtet Slums für mich ein oder pinselt bunte Sterne auf meine Haustür. Nein! Es ist komplizierter: Ich. Werde. Integriert.

Ich bin eine gelungene Integration und damit das absolute Gegenteil der in den Siebzigern importierten Analphabeten, die noch heute, nach 40-jährigem Aufenthalt in der Bundesrepublik, weder simple Formulare noch Überweisungsträger in deutscher Sprache ausfüllen können. (Ich liebe dich trotzdem, Papa ...)

Ich bin der lebende Beweis für die Tauglichkeit eines modernen und weltoffenen Schulsystems, Findelkind einer Gesellschaft, die mich trotz aller Fremdartigkeit mit offenen Armen empfing, um mich die Weisheiten des Abendlandes zu lehren. Und heute ... ein Vierteljahrhundert später, das Abiturzeugnis in einem staubigen Ordner archiviert, halbherzig sprachwissenschaftliche Aufsätze verfassend, den Weg des Kosmopoliten einschlagend, im Bestreben, selbst zu integrieren, wo immer Integrationsbedarf herrschen mag, stehe ich als Beweis für die Völkerverständigung des 21. Jahrhunderts da. Ein Musterkind der Multikulturalität, um dessen Integration sich alle reißen. Das einzige Problem dabei ist: An mir gibt's nichts zu integrieren. Ich bin so deutsch wie Döner. In Deutschland gezeugt, in Deutschland geworfen, in Deutschland zur Schule gegangen. Unter dem Einfluss von deutschem Fernsehn, deutschen Freunden und deutscher Unzufriedenheit gedieh ich zu dem, was man gemeinhin als Kartoffel bezeichnet. Ich hatte es nicht schlechter und nicht besser als meine deutschen Freunde, und meine eigentliche Integration liegt schon Jahrzehnte zurück ...

Ich wuchs in einem absoluten Durchschnittshaushalt auf, der eine völlig normale Entwicklung gewährleistete. Zumindest so normal, wie man als Kind von Eltern werden kann, die nicht wissen, wer die Beatles sind. Ich liebe dich trotzdem, Mama... Das einzig Außergewöhnliche an jenem Kleinstadthaushalt war die Amtssprache: Griechisch. Und damit meine ich: *ausschließlich* Griechisch. Was zur Folge hatte, dass ich mit drei Jahren in den Kindergarten geschickt wurde, ohne eines Wortes Deutsch mächtig zu sein. Ich sprach also eine völlig fremde Sprache! Allein diesem Umstand war es jedoch zu verdanken, dass der Erwerb erster teutonischer Sprachkompetenzen von ausgebildeten Erzieherinnen stammte und deshalb nicht durch regionale Obszönitäten verunreinigt wurde. Mit anderen Worten: Ich lernte Hochdeutsch. Aber dieses Privileg sollte mir schon bald zum Verhängnis werden, nämlich, als ich in die Schule kam und der Einzige inmitten einer schwäbisch-badischen Front war, der nicht Dialekt sprach. Sondern wieder eine vollkommen fremde Sprache. Mit Müh und Not eignete ich mir eben jene sprachlichen Mängel an, die meinen Dialekt so grotesk und zugleich liebenswürdig machten. Ich lernte, dass meine Haare dunkler waren WIE die meiner Mitschüler, dass ich die EINZIGSCHDE Person in der Klasse war, deren Name sämtliche Buchstaben des Alphabets enthielt und dass meine Füße von knapp unter meinem Becken bis zum Boden reichten. Ich lernte endlich wie die anderen zu sein. Ich wurde deutsch. So deutsch wie die anderen! Ein ganz normaler Deutscher namens Netarius Nachol... Naaaaacholpulos oder so... Na, jedenfalls war damit meine Integration abgeschlossen.

Inzwischen ist das viele Jahrhunderte her, und ich würde nicht einmal merken, dass ich in irgendeiner Weise andersstämmig bin, wenn nicht ständig irgendjemand versuchen würde, mich zu integrieren. Immer wieder werde ich ob meines akzentfreien Deutschs gelobt, gefeiert und zu interkulturellen Literaturveranstaltungen eingeladen, um dort mit grinsenden Kleinstadtbürgermeistern zu posieren, die Schlange stehen, um sich fürs Regionalblatt mit diesem Wunder der Globalisierung, diesem Fabelwesen ablichten zu lassen: Einem Deutsch sprechenden Ausländer.

Bei der ganzen political correctness ist mir irgendwie die Identität abhandengekommen. Und jetzt, da bin ich verwirrt! In der Uni war ich Germanist, zu Hause Grieche, in Griechenland Deutscher, im Stadion Bad'ner, in Baden Dachdroofschwob, in Württemberg Gelbfießler, in Berlin Schwabe, auf der Straße Türke, Landei in der Stadt, Stadtaffe auf dem Land. Ich bin ein kulturelles Chamäleon, ein ethnisches Zwitterwesen, eine Staatstranse, ein bilingualer Bastard, irgendwie alles gleichzeitig, aber auch nichts, und manchmal ... wenn es ganz dunkel ist und ich mich völlig unbeobachtet fühle ... manchmal bin ich sogar einfach nur Net... Nektrari... Vlachplop... Na ja... Ihr wisst schon, was ich meine ...

Wir alle haben so einen Freund. Viel eher einen Bekannten. Den wir ständig sehen, obwohl wir uns nicht gerne in seiner Nähe aufhalten. Weil wir uns in seiner Nähe schlecht fühlen. Weil diese Person sich in allen Lebenslagen besser schlägt als man selbst: im Berufsleben, in der Liebe, beim Sport, im sozialen Engagement. Solche Leute sagen auch Dinge wie „Nice!“ oder „Da nich für!“ Richtige Benimmassis! Und dann zucken die so lässig mit den Schultern und sagen „Ach, passt schon“, wenn man sich Geld von ihnen leiht. Krieg ich das Kotzen von so Leuten. Von eben so einer Art Freund oder viel eher Bekanntem, handelt die folgende Geschichte, und ich lade dich, liebe Leserin, lieben Leser, dazu ein, mit mir auf die Reise zu gehen. Schließ deine Augen. Öffne deine Augen wieder, weil du mit geschlossenen Augen nicht weiterlesen kannst. Und visualisiere diese Person.

Oder Freundin. Oder Bekannte.

SO'N FREUND

DA SITZEN WIR WIEDER. Im Café, in dem wir immer sitzen. Und trinken das, was wir immer trinken, und du ... hast wieder diesen Blick drauf! Diesen nichtssagenden, allwissenden Blick. Und ich sage alles und weiß nichts, und du, du schaust mich nur an, musterst mich und verziehst keine Miene. Dir ist schon längst aufgefallen, dass mein Atem ziemlich penetrant nach Zwiebelmett riecht, aber du sagst nichts dazu, aus Rücksicht, denn du, du bist ja rücksichtsvoll. Aber weißt du was? Ich steh' halt einfach hart auf Zwiebelmett! Verstehst du? Aber was red' ich da? Das verstehst du natürlich nicht! Du riechst ja nicht nach Zwiebelmett, denn du isst ja kein Fleisch, und dann triffst du dich auf Partys mit Leuten, die genau so sind wie du, und dann tauscht ihr diese unsinnigen Rezepte aus für fleischlosen Bacon, fleischlosen Wurstsalat und vielleicht auch mal für fleischloses Zwiebelmett. Und alles, woran ich denken kann, ist: „So'n richtig geiler Mettigel mit Zwiebeln drin, das ist das LEBEN!" Aber du, du erzählst den anderen lieber deine geistreichen Anekdoten und deine Pläne für Bongohausen, und jeder hält dich für einen Helden, nur weil du die Kinder in dem Dorf da gegen Polio impfen willst. Und mich hält jeder für einen verbitterten Misanthropen, einfach nur, weil ich gerne laut fluche und Menschen wie Dreck behandle. Dabei mach ich das doch nur, weil Menschen nun mal blöde Fucker sind. Aber das glaubt mir ja keiner. Weil mir auch niemand zuhört, weil alle nur dir zuhören, wie du da selbstgefällig über Zivilisationstheorien quasselst, und dann sagst du so was wie: „Ach wisst ihr ... Ich glaube ja, dass in jeder Brust zwei Seelen schlagen. Und zivilisatorischer Fortschritt bedeutet, die Seele, die nur das eigene Wohl kennt, zu mäßigen."

Und ich sag dann so was wie: „Poaaah, kennst du das, wenn du Spargel gegessen hast und dann schiffen gehst, alllter Fadder!"

Aber das ... das findet keiner interessant, weil jeder nur auf dich guckt, du mit deinem Charme und deinem Charisma. Und ich sitz da und guck den blöden Fuckern dabei zu, wie sie dir zugucken und riech' nach Zwiebelmett, obwohl ich Döner gegessen habe, und du guckst mich an und verurteilst mich nicht und ... ich find das zum Kotzen, Mann! Du siehst mich freundlich an und akzeptierst mich so, wie ich bin, und rümpfst keine Augen und verdrehst keine Nase, du siehst mich nur an, ganz provokant und denkst dir nichts.

Und das ist ganz schön anmaßend, mein Freund! Du sitzt da und nippst an deinem FairTrade Matcha Latte. Während ich mir Billigkippen mit Wodka Energy reinpump', sitzt du da und erlaubst dir kein Urteil über mich! Was denkst du eigentlich, wer du bist, mich nicht zu verurteilen?! Du mit deinen perfekt proportionierten Asymmetrien, du mit deinem lächerlichen Fjällräven-Rucksack und deinen Sneakers mit Gummisohlen aus Naturkautschuk. Du Weltverbesserer, du One-in-a-Million-Typ, du Wunderkind, du Jesus, du Ed Snowden, du unbeflecktes Stück Freilandkompostat!

Wer bist du, dich mit mir auf eine Ebene zu stellen?! Geh dahin, wo du hingehörst! Ganz an die Spitze nämlich. Und blick gefälligst runter, wenn du mit mir redest! Aber du redest nicht. Du sagst nichts zu mir, und das meinst du auch noch ernst. Du guckst mich nur verständnisvoll an und empfindest nichts als Sympathie für mich, und ich hasse dich dafür!

Du denkst ständig nur an andere. Hilfst Frauen im Zug den schweren Koffer hochzuhieven, während ich sie mir einfach nur nackt vorstelle. Du sprichst acht Sprachen fließend und bist gerade dabei, dein eingerostetes Hebräisch aufzufrischen, während ich damit prahle, dass ich das Alphabet rülpsen kann. Und nicht mal das kann ich richtig, weil das Ypsilon halt superschwer ist! Du hilfst in deinem bisschen Freizeit Flüchtlingen dabei, Deutsch zu lernen, während ich mir denke „Aber nicht in meiner Nachbarschaft!“ Du träumst von deiner großen Liebe und ich von einer Frau mit sechs Brüsten. Du lässt anderen den Vortritt, während ich darauf brenne, endlich selber dranzukommen. Du erblühst in deinem eigenen Glanze, während du mich neben dir Stück für Stück verschwinden lässt. Und während ich mir Sorgen darum mache, ob ich auch wirklich satt werde im Leben, setzt du dein dämliches Delfingrinsen auf und bietest der Welt um dich herum die größten Kuchenstücke an.

„Darf es noch etwas sein?“, unterbricht mich die Kellnerin.

Und wir sitzen immer noch im Café, in dem wir immer sitzen, und haben getrunken, was wir immer trinken.

„Ach so … nee … Die Rechnung bitte“, sage ich.

„Komm, ich übernehm’ das“, sagst du.

„Lass stecken, ich hab’s passend“, sage ich.

„Mit wem reden Sie da?“, fragt die Kellnerin.

„Oh. Mit niemandem …“, antworten wir, lassen etwas Trinkgeld da, setzen unseren lächerlichen Fjällräven-Rucksack und unser dämliches Delfingrinsen auf und stellen uns vor, wie die Kellnerin wohl nackt aussehen würde …

Lol! Da hab ich dich aber ganz schön hinter's Licht geführt, wa? Diese Person, vor deren Ansprüchen man einknickt, war von Anfang an das eigene Ich. Toll! Hat sich der Vlachopoulos ganz schön was gedacht bei, leckomio! Und auf dieser Reflexionsebene geht es auch schon direkt weiter. Ich möchte nun überleiten zu einem sehr komplexen Textgerüst. Es verhält sich nämlich so, dass ich mit offenen Augen durch diese Welt schreite. Und dabei ist mir aufgefallen, dass in unserer Gesellschaft viel zu häufig eine eklatante Diskrepanz herrscht zwischen den Dingen, die wir sagen, und den Dingen, die wir in Wirklichkeit denken. Im Zuge dieser Erkenntnis habe ich es mir zur Aufgabe gemacht etwas zu schreiben, das den Finger in die Wunde legt und die Gesellschaft in aller Ehrlichkeit demaskiert. Der folgende Text spielt sich zeitgleich auf zwei verschiedenen kognitiven Ebenen ab. Er ist, wie bereits erwähnt, ein bisschen komplex, aber ein Leser, der klug genug war, dieses Buch zu erwerben, der wird auch die folgende intellektuelle Hürde zu überwinden wissen.

SAGEN UND DENKEN

WEISST DU … immer wenn ich dich sehe …
dann denke ich an all die schönen Momente, all
FICKEN FICKEN FICKEN FICKEN
das Wunderbare, das mit dir Erlebte, das jeden
Tag aufs Neue die Sonne über meiner tristen grauen
FICKEN FICKEN FICKEN FICKEN
FICKEN FICKEN FICKEN FICKEN
FICKEN FICKEN FICKEN FICKEN
Quadratstadt aufgehen lässt und in
FICKEN
wehleidigen Tönen wieder von dannen zieht, wenn
FICKEN FICKEN FICKEN FICKEN
FICKEN FICKEN FICKEN FICKEN
FICKEN FICKEN FICKEN FICKEN
sich unsere Wege scheiden.
FICKEN
Und wenn wir uns wiedersehen, dann ist es umso
FICKEN FICKEN FICKEN FICKEN
FICKEN FICKEN FICKEN FICKEN
FICKEN FICKEN FICKEN FICKEN
stärker, und je mehr ich von dir habe,
FICKEN
desto weniger brauche ich von mir selbst, denn du
FICKEN FICKEN FICKEN FICKEN
FICKEN FICKEN FICKEN FICKEN
FICKEN FICKEN FICKEN FICKEN
bist ja jetzt da. Und ich schau dich an,
FICKEN
liebste ((Name des Mädchens)), blicke in deine ((Farbe))
FICKEN FICKEN FICKEN FICKEN
FICKEN FICKEN FICKEN FICKEN
FICKEN FICKEN FICKEN FICKEN
Augen, streiche durch deine ((Farbe))
FICKEN
Haare und frage dich, ((Name des Mädchens)), ob es
nicht FICKEN FICKEN FICKEN
FICKEN FICKEN FICKEN FICKEN
FICKEN FICKEN FICKEN FICKEN
sein könnte, dass du und
FICKEN FICKEN
ich, dass wir beide in Wirklichkeit ein und dieselbe

Person sind. FICKEN FICKEN FICKEN
FICKEN FICKEN FICKEN FICKEN
FICKEN FICKEN FICKEN FICKEN
FICKEN FICKEN Und du sagst … nein.
Und plötzlich stehe ich ganz alleine da. Und ich denke an all das, was mir gerade entgeht, all die schönen Momente, die miteinander zu teilen WICHSEN
WICHSEN WICHSEN WICHSEN
WICHSEN WICHSEN WICHSEN
WICHSEN WICHSEN WICHSEN
nun anderen vorbehalten ist, anderen als mir, und ich kann nichts tun als zusehen … Zusehen,
WICHSEN WICHSEN WICHSEN
WICHSEN WICHSEN WICHSEN
WICHSEN WICHSEN WICHSEN
WICHSEN wie andere das Glück ausleben, das doch mir zugesprochen war. Aber auch meine Zeit
WICHSEN WICHSEN WICHSEN
WICHSEN WICHSEN WICHSEN
WICHSEN wird kommen, denn Zeit heilt alle Wunden. Auch ich werde mein Glück finden, und bis dahin heißt es zurück zur Normalität, zurück in den Alltag. Und ich denke an die guten und schlechten GELD GELD Erfahrungen, denke über mich nach und ob es nicht irgendwas anderes gibt. GELD GELD GELD GELD
GELD GELD GELD GELD GELD
GELD GELD GELD GELD GELD
GELD GELD Irgendetwas ganz Essenzielles, das ich bis dato völlig vernachlässigt habe. Oder soll es das etwa GELD GELD GELD GELD
GELD GELD GELD GELD GELD
GELD GELD GELD GELD GELD
GELD GELD gewesen sein jetzt? War das schon alles im Leben? Gibt es nicht irgendwo noch eine
GELD GELD GELD GELD GELD
GELD GELD GELD GELD GELD
GELD GELD GELD GELD GELD

GELD Ebene, die mir bislang verborgen geblieben ist? Und ich denke nach und besinne mich auf die
GELD GELD GELD GELD GELD
Dinge im Leben, die wirklich wichtig sind.
Ich werde ruhig und fokussiere das Einzige, worauf es ankommt. Denn es geht hier nicht um Dinge, es geht um Menschen! Um all die vielen MICH
MICH MICH MICH MICH MICH
Schicksale, all die Charaktere in diesem größten Schauspiel, es geht um „Hallo Steffi, MICH
MICH MICH MICH MICH MICH
MICH MICH MICH MICH MICH
MICH MICH MICH SCHLAMPE
schön dich zu sehen!“, um „Guten Morgen Herr Professor!“, um „Ach, lass gut sein!
SCHLAMPE SCHLAMPE
SCHLEIMER SCHLEIME
SCHLEIMER SCHNORRER
SCHNORRER Nächstes Mal lädst du mich ein …“, um „Danke, aber das wäre wirklich nicht nötig
SCHNORRER SCHNORRER
SCHNORRER GEIZHALS
GEIZHALS GEIZHALS GEIZHALS
GEIZHALS gewesen!“, um all die kleinen und großen Gefälligkeiten, die uns jeden Tag aufs Neue
GEIZHALS LÜGE LÜGE LÜGE
LÜGE LÜGE LÜGE LÜGE LÜGE
LÜGE LÜGE LÜGE LÜGE LÜGE
zeigen, dass wir da sind! Dass wir nicht allein sind!! Die Welt ist schön! Der Mensch ist gut!
LÜGE LÜGE LÜGE LÜGE LÜGE
LÜGE LÜGE LÜGE LÜGE
PAH!! PFFF!!
Und ich spüre … nein: Ich weiß, dass alles wieder gut wird! Ich werde meinen Platz im Leben finden, und bis dahin, ((Name des Mädchens)), bis dahin wünsche ich dir alles alles PEST KREBS
Gute! Und jetzt geh, ((Name des Mädchens)). Geh nun und finde dein Glück. Und wenn du
CHOLERA WARZEN AIDS
EITER IM EILEITER LUNGEN-

ENTZÜNDUNG SILBERFISCHE
KÄSEFÜSSE MALARIA es hast, dann
versprich mir, dass du dich dran festhältst, ((Name
des Mädchens))! Ich weiß, MENSAESSEN
KLAPPERSCHLANGEN
RÜCKENHAARE
LEUKÄMIE KALKSCHÄDEN
WASSERSCHÄDEN dass du es
hier nicht finden wirst, aber jemanden lieben
heißt, ihn ziehen lassen zu SPRÖDE
LIPPEN SUMPFARSCH
ATOMMÜLL SONNENBRAND
HEUSCHRECKEN HITLER
HITLER HITLER können. Und weil ich
dich so sehr liebe, sollst du ziehen. Und wenn du glücklich bist, wenn du dein Glück irgendwo da draußen gefunden hast, ((Name des Mädchens)), dann reicht das völlig für uns beide. Wenn du dein Glück gefunden hast, dann werde auch ich wieder lachen. Und irgendwann ... Irgendwann werden wir uns wiedersehen. Irgendwann werden
(HAHAHAHAHAHA!) Irgendwann
werden wir uns wiedersehen!! WIR UNS
WIEDERSEHEN!!!

Die vermutlich häufigste Frage, die einem Schriftsteller nach seinen Lesungen oder auch in Interviews gestellt wird, lautet vermutlich: „Wie kommen Sie auf Ihre Ideen? Wie schreiben Sie Ihre Texte?“ Und obschon ich diese Frage unzählige Male beantworten musste, kenne ich noch immer keine wirklich plausible und zufriedenstellende Antwort. Micha Ebeling, ein sehr renommierter und schlauer Slampoet und Kollege aus dem Dunstkreis der Berliner Lesebühnen, beantwortete diese Frage in einem Interview vor ein paar Jahren mal sehr eindrucksvoll mit den Worten: „Beim Kacken, du Spast." Ich selbst habe eine etwas gemäßigtere Variante gewählt: Ich habe die Frage mit einer Geschichte beantwortet.

SOMEONE WENT TO NARNIA AND ALL I GOT WAS THIS LOUSY STORY

ICH WÜRDE SAGEN, ich bin schon ein richtiger Autor. Ich schreibe Geschichten, und ich mach das sogar gerne. Ich habe schon Geschichten geschrieben, als ich noch ein Kind war. Fantasievolle, wenn auch zusammenhanglose Abenteuerreisen in die entlegensten Winkel der Erde, die aufgrund eines zu verworrenen Handlungsstrangs alle irgendwann damit endeten, dass der Protagonist aus dem Schlaf erwacht und feststellt, dass die ganze Geschichte nur ein seltsamer Traum gewesen ist. Ich hatte übrigens sehr viele Freunde als Kind, und wenn ich „sehr viele" sage, meine ich natürlich „keine", und mit „Kind" meine ich 25. Seit geraumer Zeit habe ich mir neue

Freunde zugelegt. Eine neue Posse. Meine Gang. Da sind also ich und Schluppi und Dr. Stiggelitz. Dr. Stiggelitz können allerdings nur ich und Schluppi sehen, den wiederum nur ich sehen kann. Imaginäre Freunde sind normal in einem gewissen Alter, habe ich mal gelesen, aber wenn die imaginären Freunde wiederum imaginäre Freunde haben, sollte man sich langsam Sorgen machen. Wenn das hier vorbei ist, bringe ich Schluppi zum Therapeuten. Abgesehen davon bin ich – abgesehen von einigen wenigen Neurosen – ein ganz gewöhnlicher Everyday-Autist. Aber ich glaube, eigentlich bin ich gar kein richtiger Autist. Mir fällt es nur manchmal schwer, einen roten Faden in meine Erzählungen zu spinnen. Während ich diese Zeilen schreibe, sitze ich übrigens an Deck eines riesigen Segelschiffs und befinde mich auf einer fantasievollen, wenn auch zusammenhanglosen Abenteuerreise zu den entlegensten Winkeln der Erde.

Ich war gerade dabei, dieses unendliche Buch zu lesen, als sich die Seiten plötzlich um mich wanden und mich ins Innere der Geschichte zerrten. Fast wie bei Tron, bloß ziemlich lame, weil, wie gesagt, Buch und nicht Computerspiel. Jedenfalls saß ich nun in dieser kranken Fantasiewelt fest und hatte kein Internet. Außerdem war ich stinksauer, weil ich am Abend geköpft werden sollte. Das musste ich unbedingt verhindern, denn so eine Enthauptung endet in 10 von 10 Fällen mit dem Tod. Aber ich hatte Glück, denn die Königin (es gab hier übrigens eine Königin) gewährte den fremden Eindringlingen eine Audienz. Mit fremden Eindringlingen meine ich natürlich uns, also meine

Posse und mich, also mich. Die Königin hatte einen wunderschönen Namen und eine Armee aus Spielkartenmenschen, und als sie mich anschaute, verliebte sie sich sofort in mich, ich bin nämlich ein Vampir und habe sehr schönes Haar. Wenn meine Geschichte verfilmt wird, möchte ich von Gary Oldman gespielt werden. Oder von Zac Efron, wenn der noch keinen Drogentod gestorben ist. Die Königin soll unbedingt von Veronika Ferres gespielt werden; wieso, erfährt man im übernächsten Satz.

Die Königin verliebte sich jedenfalls in mich, erwirkte eine Begnadigung und schickte mich auf eine fantasievolle, wenn auch zusammenhanglose Abenteuerreise in die entlegensten Winkel der Erde. Dann explodierte ihr Kopf.

Aber vorher hatte sie uns ein Weinfass voller Westwind gegeben, der uns sicher über den Ozean bringen sollte. Dass ein Weinfass auf hoher See ein denkbar ungünstiges Behältnis für Wind ist, sollte uns klar werden, als wir es sturzbesoffen aufrissen und einen gischtsabbernden Orkan entfesselten. Und so begannen also unsere Irrfahrten durch das Reich der Fantasie. Wir bereisten ferne Orte, wir bereisten noch fernere Orte, und sogar Orte, die so fernab der noch ferneren Orte lagen, dass sie schon wieder hier in der Nähe waren. Wir verliefen uns praktisch überall in wirren Labyrinthen, alten Spukschlössern, düsteren Wäldern und auf dem Schiff. Die Route war aber auch gewöhnungsbedürftig. Durch einen Wandschrank auf dem Segelschiff betraten wir eine geheime britische Fantasiewelt, wo wir durch ein geheimes Gleis und hinter einen geheimen Spiegel krochen, durch den wir in einen Hasenbau fielen, unter dem wir durch ein Sternentor liefen, wo wir an eine Matrix angeschlossen wurden, in der wir träumten, dass wir träumten, dass wir träumten, dass wir träumten, dass wir 20.000 Meilen unter dem Meer mit einer Zeitmaschine durch den Monsun hinter die Welt bis ans Ende der Zeit reisten, was nicht ganz einfach war, aber immerhin besser als Frankfurt-Hahn. Unterwegs begegneten wir zweiäugigen Zyklopen, hundertköpfigen Tausendfüßlern und einem Ostdeutschen, der tolle Russenwitze kannte, aber keinen erzählen wollte. Um also den Ring zu zerstören, denn das war ja, wenn ich mich recht entsinne, von Anfang an der Zweck der Reise, mussten wir ins Reich der lebenden Toten, und das war denkbar ungünstig, denn ausgerechnet lebende Tote machten mir ziemlich Angst, aber andererseits gab es auch keinen anderen Weg, um Weihnachten zu retten. „Ergibt die ganze Scheiße hier eigentlich irgendwann einen Sinn?“, fragte Schluppi dann aus dem Inneren meines Kopfes, „Genau ...“, fügte Dr. Stiggelitz dann aus dem Inneren von Schluppis Kopf hinzu, „irgendwie habe ich das Gefühl, dass du nur Geschichten zusammenklaust, weil du zu doof bist, dir was Eigenes einfallen zu lassen. Du bist gar kein richtiger Autor, und außerdem ist dein Schreibstil ja mal völlig bekloppt“. Und plötzlich erwachte ich aus meinem unruhigen Schlaf und stellte fest, dass die ganze Geschichte nur ein seltsamer Traum gewesen war.

Es ist eine Sache, eine Geschichte zu beginnen – und es ist eine ganz andere Sache, eine Geschichte abzuschließen. Oft verfährt man sich in seiner eigenen Vorstellungskraft und scheitert daran, die Fäden der eigenen Narration wieder zu einem schlüssigen Ganzen zusammenzuführen. Zum Glück passiert mir solch ein Missgeschick nie. Sehr wohl aber scheitert die Fertigstellung einer guten Geschichte oft an Zeitfenstern, Terminen, Deadlines, wie etwa einer Lesung oder einer Manuskriptabgabe. Doch sind es oft auch eben solche Situationen, in denen die schiere Not wahre Meisterwerke gebiert. Eine Deadline war es nämlich auch, der ich die folgende Geschichte zu verdanken habe. Ich hatte nur noch wenige Stunden Zeit, einen kompletten Text nachzureichen, und hatte zu diesem Zeitpunkt nur einen viertel und einen halben Text. „Wenn ich jetzt aber die beiden Texte zusammen nehme“, dachte ich mit salomonischer Weisheit, „habe ich einen Dreivierteltext.“ Genau das habe ich dann auch getan – und ich muss sagen, man spürt den Übergang kaum. Ich habe diesen, Fuchs, der ich bin, mittels eines einzigen, hier diskret HERVORGEHOBENEN *Satzes überbrückt, und heraus kam das Folgende.*

WENN DER ANTRIEB FEHLT, BLEIBT JEDE DYNAMIK KRAFTLOS

FRÜHER WAR ICH mehr so der passive Typ. Statt irgendwas zu tun, ließ ich alles passieren. Ich wurde geboren, ließ mich großziehen, wurde in die Schule geschickt, ließ mich bilden, wurde immatrikuliert, ließ mich prüfen, wurde rausgeschmissen und ließ mich gehen. Heute ist alles anders! Aus meinen Fehlern habe ich gelernt, dass alles, was im Leben geschieht, nichts weiter ist als eine kausal verkettete Folge des eigenen Tuns. Das Tun steht am Anfang jeder Handlung. Ohne Tun keine Tat. Täten wir nichts, würde keine Aktion passieren, der Aktiv würde zum Passiv und jeder Akt verpasst. Statt mich also den müßigen Verlockungen des Nichtstuns zu unterwerfen, lenke ich nunmehr eigenhändig meine untätigen Geschicke und tue selbst nichts. Statt mich wie einst gehen zu lassen, gehe ich aus eigenem Antrieb unter. Das ändert nichts an meiner Situation, klingt aber irgendwie dynamischer. NATÜRLICH VERLANGT EINE DERART BEKNACKTE LEBENSPHILOSOPHIE EIN VÖLLIG BEKNACKTES ACCESSOIRE.

Das ipad ist das Fenster zu einer neuen Dimension. Einer Dimension voller Scheiße! Zu klein, um anständig damit arbeiten zu können, zu groß, um klein zu sein, schmiegt sich das iPad zielgerichtet in eine Marktlücke, die es nie gegeben hat. Ein kolossales Smartphone mit Handycap. Nein – das iPad geht gar nicht! Wäre es eine Person des öffentlichen Lebens, es wäre Wolfgang Schäuble. Schäuble geht gar nicht! Wäre das iPad ein Staat, es wäre Lettland. Kein Schwein braucht Lettland! Wäre das iPad ein Multimediagerät, es wäre ganz sicher ein iPad. Dieser Satz ergibt überhaupt keinen Sinn. Wäre das iPad ein Satz, wäre es genau dieser Satz. Und genau aus diesem Grund hab ich mir damals sofort ein iPad zugelegt. Dinge, die ich früher nie getan habe, kann ich seither problemlos mit dem iPad nicht tun.

Neulich im Starbucks zum Beispiel, als ich bei einer Ventitasse Spiced Macadamia-Holunder-Lebkuchen-Frappuccino mit Bärlauchtopping meiner selbstgefälligen Dekadenz frönte und mit der Spitze meines rechten Zeigefingers die edlen Kurven der kleinen Lena entlangfuhr, ganz recht, ich nenne mein iPad Lena, da fragte sie, die ebenfalls Lena hieß, die ich aber liebevoll „Bibi" nannte, was das Gerät denn so könne. „Alles!", antwortete ich sogleich, „Es gibt für alles eine App. Hier zum Beispiel: Ich kann mir über den iBook Store bequem Bücher auf das Display holen. Oder Zeitung lesen!" – „Wenn du Zeitung lesen willst," setzte sie mit betont ernsthafter Miene an, „dann lies doch eine Zeitung." – „Ich lese aber keine Zeitung. Ich lese nie Zeitung", wies ich sie zurecht. „Und Zeitung kann ich jetzt eben jederzeit und überall nicht lesen!" Ich richtete mich ein wenig auf, um meinem anstehenden Plädoyer mehr Nachdruck zu verleihen und dachte mir insgeheim, dass sie doch eigentlich eher eine Wiebke war. „Und das ist nicht alles!!", fuhr ich fort. „Ich kann damit noch viel viel mehr! Ich kann immer und überall meine E-Mails vernachlässigen, mich sozialen Netzwerken anschließen, lustige Tiervideos bewerten, Pornos uploaden, Musik downloaden, mit Pfeil und Bogen auf vorbeihuschende Zielscheiben dubioser Popups schießen, Zahlungsaufforderungen ignorieren, Facebook aktualisieren, Flüge buchen, Google suchen, scripten, bloggen, streamen, taggen, lolen, rofeln, simsen, laggen, twittern, posten, skypen, chatten, faxen, pasten, Freunde adden, und ich kann Wuffi, meinen digitalen Welpen, Konfetti kotzen lassen, indem ich das Gerät zur Seite neige. Es gibt für alles eine App, und ich kann immer und überall den Anschein reger Beschäftigung erwecken, kann mir sogar den ganzen Tag lang den größten Stress aufhalsen, mich stundenlang vereinnahmen lassen, ja geradezu arbeiten, ohne am Ende des Tages auch nur das Geringste geleistet zu haben!" Da ich nun genug von Wiebkes flapsigen Kommentaren hatte, berührte ich das kleine rote X an Wiebkes linker Schläfe, die daraufhin mit einem leisen Ploppen in Lenas Menüleiste verschwand. Anschließend verfuhr ich in derselben Weise mit dem Frappuccino, meinem Tisch, den Angestellten und schließlich dem Café, woraufhin nur ein kahler Raum mit einer Pritsche nebst einem kleinen Beistelltischchen übrig blieb. Erfüllt von einer tiefen inneren Gelassenheit bettete ich die kleine Lena auf mein Kissen, legte mich auf das Tischchen und dachte bei mir: „Wie schön, dass es für alles eine App gibt ..."

Ich fürchte, das waren noch nicht genug der Albernheiten. Der folgende Text ist der älteste dieses Werkes. Er entstand zu einer Zeit, in der ich finanziell noch nicht so gefestigt war, wie ich es heute nicht bin. Deswegen beschloss ich damals, einen Blick in die Spiegel-Bestsellerliste zu werfen, um herauszufinden, was ich denn schreiben müsste, um auf einen Schlag zu sehr viel Asche zu kommen. In jener Zeit wurde diese Liste von einem bestimmten literarischen Genre dominiert, nämlich dem Vampir-Teenager-Roman. Also beschloss ich kurzerhand, die Twilight-Reihe fortzusetzen. Es hat nun leider nicht für einen Roman in voller Länge gereicht, aber im Folgenden präsentiere ich die Leseprobe, die ich damals, 2011 war das, bei dem Verlag eingereicht habe, der zu jener Zeit Twilight publizierte und der mittlerweile diesen Verlag hier aufgekauft hat. Lol. Allen Leserinnen und Lesern, die die Twilight-Reihe nicht gelesen haben, sei versichert, dass sie der hier angefügten Fortsetzung dennoch werden folgen können. Denn ich selbst habe die Reihe auch nicht gelesen. Nur fortgesetzt. Viel Spaß.

DAS BEKLOPPTE GEHEIMNIS UM JONATHAN

JENNY SAGTE IMMER, ich solle die Finger von Jonathan lassen, wie alle Mädchen stand sie auf Jacob, aber irgendetwas faszinierte mich an Jonathan. Jonathan war schon immer ein Einzelgänger gewesen. Er hatte etwas Mystisches an sich. Etwas Geheimnisvolles, das ich mir nicht erklären konnte. Alles an ihm war so geheimnisvoll! Für gewöhnlich redete er recht wenig, schwieg dafür aber umso mehr. Je aufmerksamer ich auf ihn wurde, desto mehr wollte ich von ihm wissen. Wer war Jonathan? Wie hieß er und warum roch er immer nach Sumpfleiche? Er war immer allein und schien so isoliert in seiner eigenen, geheimnisvollen Welt. Aber eines Tages sollte ich hinter sein Geheimnis kommen. Ein Geheimnis, das ich bis dahin nicht kannte.

Es war ein nebliger Sommertag und ich warf Steine auf herumstreunende Hunde, als plötzlich wie aus dem Nichts ein wütender Hund aus den Nebelschwaden sprang! Er zerrte und riss an meinem Arm wie ein räudiges Tier, als plötzlich!, wie aus dem Nichts, Jonathan aus den Nebelschwaden sprang. Er zerrte und riss an dem Hund wie ein räudiges Tier, als plötzlich!, wie aus dem Nichts … Jonathan stritt am nächsten

Tag alles ab. Auch Jenny wollte mir nicht glauben, aber ich war mir sicher, dass ich wusste, was ich zu sehen geglaubt hatte. Irgendetwas stimmte nicht mit Jonathan. Es war so ... geheimnisvoll!

Ich begann Jonathans Verhalten zu studieren und fand schnell heraus, dass er sich von Blut ernährte und fliegen konnte. Aber was hatte dieses geheimnisvolle Verhalten nur zu bedeuten? Je mehr ich von ihm erfuhr, desto mehr brachte ich ans Tageslicht. Über sein Myspace-Profil erfuhr ich, dass er von Adel, Osteuropäer und etwa 300 Jahre alt war.

Allmählich fügte sich alles zusammen. Das faltige Gesicht! Die blasse Haut! Die scharfen Eckzähne! Der schwarze Umhang! Ich sah das Puzzle deutlich vor mir, aber ein letztes Glied fehlte, um das Mosaik zu entschlüsseln. Wieso mied Jonathan griechisches Essen? Warum ging er nie in die Kirche, und warum ging er mit dreihundert Jahren noch zur Schule? Etwas war im Busch. Ein Geheimnis, dessen Dunkelheit nur durch die Finsternis übertroffen wurde, die es umgab.

Ich erschlich mir Jonathans Gunst, um mehr über ihn zu erfahren. Wir verliebten uns ineinander, doch Jacob wurde eifersüchtig. Jenny spürte das und schmiedete einen Plan, um Jonathan ein für allemal loszuwerden. Sie dachte, so würde Jacob das Interesse an mir verlieren. Aber sie hatte ihre Rechnung ohne Jonathans Stiefschwester Julia gemacht. Der Plan flog auf, und Jenny wurde Tage später völlig blutleer und nackt auf der Spitze des Kirchturms gefunden. Anfangs wollte ich es mir nicht eingestehen, aber die

Spur führte zu einem einzigen Menschen. Einem Menschen, den ich nur allzu gut kannte: Jennys Exfreund Jerry. Nur Jerry hatte ein Motiv. Ein Motiv, das Jenny das Leben gekostet hatte.

Nur Jerry konnte von Jennys Schwäche wissen. Einer Schwäche, die Jenny zum Verhängnis geworden sein sollte. Sofort war mir klar, warum Jenny hatte sterben müssen: Ohne einen Tropfen Blut in ihrem Körper konnte Jenny unmöglich überleben. Es gab nur einen Weg herauszufinden, ob Jerry Jennys Mörder gewesen war. Ich wusste, dass Vampire sterben, sobald man ihnen einen Holzpfahl ins Herz rammt, also unterzog ich Jerry dem Pfahltest.

Jerry war ein Vampir und das Geheimnis gelöst.

Nur wenige Monate später wurde ich schwanger, brach die Schule ab und heiratete Jonathan. Standesamtlich, Jonathan wollte keine kirchliche Trauung. Wir führen seither eine glückliche Ehe. Jonathan ist ein fantastischer Liebhaber. Er besteht auf Oralverkehr, wenn ich meine Tage habe, was ich etwas befremdlich finde, aber irgendwie auch geheimnisvoll. Ich liebe Jonathan und ich werde ihn immer lieben. Bis(s) das(s) der Tod uns scheidet!

Der aufmerksam Lesende wird an dieser Stelle bereits festgestellt haben, dass wir uns im emotionalen Teil dieses Gesamtwerkes befinden. Deshalb würde ich jetzt nichts lieber tun, als ein Liebesgedicht folgen zu lassen. Es gibt nur ein Problem dabei, nämlich, dass ich überhaupt nicht in der Lage bin, Liebesgedichte zu schreiben. Jedesmal, wenn ich bisher einer jungen Frau ein Gedicht widmete, endete das mit einer einstweiligen Verfügung. Daher habe ich irgendwann im Laufe der Zeit meine Strategie geändert. Ich versuche nicht länger aus meinem Erfahrungshorizont heraus über die Liebe zu schreiben – ich versuche vielmehr, die Literatur selbst zu Wort kommen zu lassen. Wie ich zu Beginn dieses Buchs bereits erwähnte, war ich früher einmal Deutschlehrer. Was folgerichtig bedeutet, dass ich mal Germanistik studiert habe. Was wiederum bedeutet, dass ich sehr viele Bücher gelesen habe. Also, dass ich viel Sekundärliteratur über Bücher gelesen habe. Also, dass ich viel Wikipedia gelesen habe. Aus diesem Grund habe ich einen kleinen Grundstock literaturhistorischer Kenntnisse, die ich im Folgenden gerne anwenden möchte. Ich habe eine kleine Zeitreise verfasst, zu der ich dich, liebe Leserin, lieber Leser, hiermit recht herzlich einlade. Wir werden nun gemeinsam durch die Literaturepochen reisen, um als kleines liebestrunkenes Duo das Wesen der Liebe zu begreifen. Und wir beginnen diese Zeitreise natürlich im Mittelalter.

HERZELIEBEZ FROUVELÎN

Erste Phase: Höfische Klassik

Herzeliebstes frouvelîn!
mit verloub, ich gloube mîn
verstand gebarst in tousend teile.
mîn herze darbt vom minnepfeile,
un gar unwol was mîn lîb
darumb ich dîse zeile srîb.
liebste herrin, uf dem steine
saz ich long genuc alleine.
nû komm and roube mir de sinne,
denn mîn houbet stekt voll minne!

Und weil ich's der Herrin kundtat.
Steckt mein Herz nun voller Unrat.
Ich bin ein Opfer jener Kraft,
die Liebe will und Leiden schafft
und mich von deinem Nabel abhält,
bis der letzte Appel
abfällt!
Bin ein Opfer jener Mächte,
die des männlichen Geschlechtes
Trieb mit einem Schlag entfachen,
bis sie ihm 'nen Macken
machen!

Ich bin ein Pessimist,
der schlicht dem Morgen zu viel beimisst
und merkt, dass alles eitel ist.
Drum suche ich den Schockeffekt
und find ihn im Barocksonett.

Zweite Phase:

Im Morgengrauen blüht das Herz,
es stärkt und festigt seine Triebe,
auf dass es bis zum Abend bliebe,
doch wird es vorher ausgemerzt.
Schau, wie dein faules Fleisch verrottet,
einsam in der Dunkelheit!
Und Zähne fletschend zeigt die Zeit,
wie sehr sie deiner Schönheit spottet!
Schau, wie sie dich umschlingt,
sich windend durch die Knochen ringt,
bis sie dich zu Staub zerreibt.
Und jeden Tag und jede Stunde,
gehst du Stück für Stück zugrunde.
Bis von dir nur noch Asche bleibt.

Conclusio: Die Zeit vergeht ...
Doch bleibt die Ambiguität,
wie's denn nun um die Liebe steht.
In Anbetracht der miesen Tropen
dieser fiesen Misanthropen
und um Vorurteile auszukehren
herrscht wohl Bedarf hier aufzuklären.

Phase drei

Das Equilibrium von Empirismus
und hypothet'schem Skeptizismus
scheint angesichts der Evidenz
und das bei aller Eloquenz
nur unter folgender Prämisse,
der metaphysischen Kulisse,
gewisse Geltung zu erfahren.
So kann die Synthesis zum einen
nur affiziert mit dem gemeinen
„Ding" an sich transzendentieren
und das „Reale" subsumieren.
Determinierung der Ästhetik
bedarf der subjektiven Ethik.
Das Prädikat, ob schön, ob hässlich
bleibt a priori unverlässlich!

So stoppt das kantige Gerede!
Weil keine ranzigere Fehde
jemals, egal ob Vers, ob Farce
den schönen Geist so sehr zerfraß,
sodass beim kategor'schen Schwanzvergleiche
die Klarheit des Verstands verbleichet!
Liebe aber heißt Bewegung!
Triebgewaber, Schweiß, Erregung!
Ein Quäntchen Lust entsteht im Bauch
und aus dem Quäntchen wird ein Hauch,
ein leichter Zug durch Mark und Bein,
er wurd' zum Sturm und drang hinein

und ließ die Zeit zweitrangig sein.
Doch ist die Liebe nicht zuletzt
viel mehr als nur das Hier und Jetzt?
Ist sie treibend? Ist sie trauernd?
Ist sie bleibend? Ist sie dauernd?
Ist sie Gottes Perfektion?
Ist sie menschliche Fiktion?
Wie kann ich sie dechiffrieren?
Wie lässt sie sich transkribieren?
Wie pack ich sie ganz adäquat
in angebrachtes Reimformat?
Als Elegie, als Distichon?
Als schönes Non-Chalon-Chanson?
Als Sestine, als Romanze,
öde Ode oder Stanze?
Kann vielleicht ein Elfchen helfchen?
Oder muss ich meine Leiden
in Da-da-da-da-Dada kleiden?
Wie man's nun auch dreht und wendet,
der Suchende bleibt stets verblendet.
Und die Moral von der Geschicht':
Willst du der Liebe Wesen fassen,
musst du sie geschehen lassen.
'Ne Liebesformel für' s Gedicht
gibt's nicht.

Als ich ihr in die Augen sah, färbte sich der Himmel über mir rosa. Kleine Vögelchen schwirrten aus meinen rotglühenden Ohren und jagten den Schmetterlingen hinterher, die in Schwärmen aus meinem Bauchnabel schlüpften. Bunte Einhörner galoppierten auf noch bunteren Regenbögen, und deutsche Tornado-Kampfjets summten schwerverliebt eine herzförmige Chemtrailformation hinter sich her. Mein Herz drum'n'basete hektisch vor sich hin, mein Gesicht wechselte im 4/16-Takt seine Farbe, und meine Beine wurden weich und schmolzen dahin wie bei diesem Polizisten aus Terminator 2. Alles war so aufregend. So neu. So einzigartig. Ich fasste all meinen Mut zusammen, befreite mich aus meiner Angststarre, legte meinen zitternden Finger auf ihr Gesicht und ... wischte ihr Profilbild nach rechts. Match! Ich war so crazy in love!

TINDERGARTEN

JA, ICH GEBE ES ZU, ich habe ein Tinderprofil, einen Stall auf dem Viehmarkt der Verzweifelten, einen Frischetresen im digitalen Fleischwarenhandel, einen Account in der App, auf der man auf gar keinen Fall viral gehen sollte.

Und von allen Seiten höre ich dasselbe: „Waas? du hast Tinder?! Hast du so was nötig? Also ich hab das ja nur zum Spaß runtergeladen und dann auch gleich wieder gelöscht. Is ja schon arm, wenn man so was nötig hat. Aber witzig find ich's ja schon …"

Ich verstehe die Aufregung nicht. Tinder zu benutzen ist doch dasselbe wie in eine swaggy Bar zu gehen, sich einen jiggy Drink zu bestellen und ein bisschen smoothe Konversation mit Menschen zu führen, auf die man steht. Nur ohne swaggy Bar, jiggy Drink und smoothe Konversation. Dafür mit umso mehr Menschen. Massenhaft vielen Menschen. Ungefähr zwanzig pro Minute! Das sind 1.200 Vorschläge in einer Stunde. Was auch der Grund ist, warum man Tinder niemals auf dem Dorf benutzen sollte. Oder als Lehrer. Oder als Dorflehrer in einem leeren Dorf.

Die meisten Kritiker finden es oberflächlich, wenn man seine Erstauswahl nach Profilbildern trifft. Aber wenn wir ganz ehrlich sind, ist das doch immer so. Nur dass man im Alltag sein Profilbild im Gesicht trägt. Mit weniger Filter. Aber das Prinzip ist dasselbe. Schöne Menschen sind nun mal hübsch, weil sie sehr gut aussehen. Das ist so. Und klar ist das oberflächlich. Aber darum geht ja auch. Das Beste an Eislaufbahnen, Brathähnchen, Crèmes Brûlées, Smartphones, Handtüchern und sexuellen Abenteuern sind die Oberflächen.

Leute, die sexuelle Revolution liegt 30 Jahre zurück. Wir können einfach so miteinander schlafen, wenn wir wollen. Und wir können es auch sein lassen, wenn wir nicht wollen. Nein heißt nein und ja heißt vielleicht. Aber es ist nichts dabei, einfach Sex zu haben! Hört doch bitte auf, so zu tun, als würdet ihr euch wegen der tollen Musik und der gemütlichen Atmosphäre in eine 120-Dezibel-Legebatterie sperren, um euren Monatslohn für Drinks mit Salatgurken auszugeben! Natürlich wollt ihr jemanden aufreißen! Also warum nicht mal ohne Hörsturz glücklich werden? Es wäre so vieles so viel einfacher.

Unsere Vorfahren hätten auch getindert, wenn sie die Möglichkeit dazu gehabt hätten.

Schon Adorno schrieb in seiner „Dialektik der Aufklärung“: „Mythos ist Aufklärung, Aufklärung schlägt in Mythologie zurück und Spiegelselfies sind voll für'n Arsch, Leute.“

Und auch Jesus Christus lehrte: „Wenn du einen Rechtswisch bekommst, halte deine Backen hin“ oder so ähnlich.

Wie schrecklich umständlich wäre unsere Welt, wenn man jeden verdammten Klempner erst ins Kino ausführen müsste, bevor man ihn zu sich nach Hause lässt. „Hallo, spreche ich da gerade mit dem Installateurbetrieb Palutzke&Schlackermann? Ja, ich wollt nur fragen, ob wir mal zusammen Kaffee trinken gehen ...“ Ich würde ihm natürlich den verdammten Kaffee ausgeben und anschließend würden wir Drinks drinken und Kennenlernspiele spielen und irgendwann säßen wir zusammen bei mir auf der Couch, ich würde uns Rotwein einschenken, ein wenig seichte Musik auflegen und ihn dann ganz schüchtern fragen, ob er jetzt endlich mein Scheißklo reparieren könne. Und er würde dann ganz empört sagen: „Waaaas? Darum ging es dir die ganze Zeit?!“

Leute, was ich sagen will, ist: Zieht den Stock aus dem Arsch, und wenn ihr drauf steht, schiebt ihn wieder rein, macht euch locker und vor allem: Liked mich auf Tinder.

Ich möchte den eben eingeleiteten erotischen Duktus nun gerne aufrechterhalten. Es soll also weiterhin um die Liebe gehen, allerdings nicht so theoretisch, sondern sehr lebensnah. Denn, wie viele Menschen wissen, bin ich nicht nur Unterhaltungskünstler, sondern auch mitunter und allem voran Freund. Ein guter Freund. Ein Freund fürs Leben. Deswegen bin ich auch seit geraumer Zeit die starke Schulter für meinen besten Freund, der mich unentwegt zujammert, weil seine Freundin sich von ihm getrennt hat. Für einen anderen. Und ich kann sein Problem sehr gut nachvollziehen und finde genau die richtigen Worte, um ihm Trost zu spenden. Zum einen, weil ich nicht nur Unterhaltungskünstler und sehr guter Freund bin, sondern auch mitunter und allem voran erst mal Mensch. Und zum anderen kann ich mich sehr gut in seine Situation reinfühlen, weil ich mich in derselben Situation befinde. Erst kürzlich habe ich mich ebenfalls von seiner Freundin getrennt, und der Schmerz sitzt tief. Allerdings bei Weitem nicht so tief wie in der folgenden, traurigen Geschichte, die in jeder Zeile den bittersüßen, seligen Schmerz der Herrin Liebe trägt.

DIE LIEBE MEINES LEBENS

SCHON IN MEINER KINDHEIT hatten sich meine Eltern Sorgen um meine sexuelle Orientierung gemacht. Anders als andere Jungen meines Alters konnte ich Stunden vor dem Schminkspiegel meines Vaters verbringen. Als Jugendlicher ging ich nie mit anderen Jugendlichen aus. Das einzige Mädchen, zu dem ich einigermaßen regelmäßigen Kontakt pflegte, war Minka, die Katze des Nachbarn. Ich wusste schon immer, dass ich etwas anders war als die anderen, nicht nur anders als die gewöhnlichen anderen, also zu gut Deutsch die „einen", ich unterschied mich vielmehr von den anderen anderen, die sich selbst gerne als die „anderen" bezeichneten, womit ich weder das eine noch das andere war und an meiner anderen Andersartigkeit zu ersticken drohte. Eines Tages aber lieferte mir der Schminkspiegel meines Vaters die Antwort. Nie hätte ich nie geglaubt, dass sich die wahre Liebe in so greifbarer Nähe befand. Es fiel mir zunächst nicht ganz leicht, mir meine Gefühle einzugestehen, ich meine ... es ist schon etwas seltsam ... wenn man sich als Kerl zu 'nem Kerl hingezogen fühlt ... aber als mir nach und nach klar wurde, dass ich den Mann fürs Leben gefunden hatte, da musste ich es einfach in die Welt rufen: Ich liebe ... mich! Am Anfang reagierte ich auf dieses plötzliche Outing natürlich etwas konsterniert – aber warum sollte ich mit mir nicht glücklich werden können? Ich teilte immerhin dieselben Interessen, denselben Geschmack, denselben Humor … Ich war doch wie für mich geschaffen! Langsam freundete ich mich mit dem Gedanken an eine feste Bindung an. Mann/Frau, Singular/Plural, waren solche Cluster angesichts etwas so Großartigem wie der Liebe, wahrer Liebe, nicht völlig irrelevant? Da es Zeit war, sich über derart antiquierte gesellschaftliche Konventionen hinwegzusetzen, begann ich nach der Frau in mir zu forschen. Aber so einfach ließ sich ein Mädchen wie ich nicht rumkriegen – ich musste mir schon ein wenig Mühe geben. Aber ich gab mir eine Chance und fing an, mit mir auszugehen. Erst ging ich ins Kino, dann überraschte ich mich mit einem romantischen Brunch. Ich ging sogar mit mir ins Ballett, obwohl ich das eigentlich hasse. Aber das war es wert. Es funkte einfach zwischen mir! Mein Herz schlug nur für mich. Ich war das Erste, woran ich nach dem Aufstehen dachte und das Letzte, bevor ich einschlief. Und der Sex war einfach fantastisch. Es war, als könnte ich meine Gedanken lesen. Immer und überall hatte ich Sex! Im Schlafzimmer, in der Küche, im Bad, meistens aber vor'm PC.

Ich verbrachte jede freie Sekunde mit mir. Es verging kein Tag, an dem ich nichts mit mir unternahm. Meine Beziehung hatte das nächste Level erreicht. Als das mit mir schließlich ernster wurde, war ich wieder etwas skeptisch. Bis jetzt hatte es ganz gut funktioniert, aber konnte ich mir ein ganzes Leben mit mir vorstellen? Ein Typ wie ich auf ewig an einen Typen wie mich gebunden? Würde das nicht alles kaputt machen? Immerhin war ich mehr so der Einzelgänger. Klar, ich wohnte zwar schon lange bei mir, aber war ich wirklich bereit, den nächsten Schritt zu unternehmen? Ich wagte den Sprung ins kalte Wasser und stellte mich meinen Eltern vor! Meine Eltern waren verwirrt. Wie nicht anders zu erwarten, reagierten meine Väter recht ungehalten. Da unsere Familie alle Bündnisse zwischen nicht gleichgeschlechtlichen orthodox-mohammedanischen Mormonen verurteilte, verbot mein Vater mir kurzerhand, weiter mit mir auszugehen. Aber das war mir egal. Nichts konnte sich zwischen mich stellen! Meine Liebe galt nur mir! Mir allein! Sollte sich der Rest der Welt doch selbst ficken! (Ich tat's ja schon.) Ich hatte meinen Seelenverwandten gefunden und ließ mich mir durch nichts nehmen!

Schon ein halbes Jahr später heiratete ich mich, zog in eine Zweizimmerwohnung und suchte mir einen Ganztagsjob. Schließlich hatte ich jetzt eine kleine, wenn auch wirklich sehr, sehr kleine Familie zu ernähren. Dann führte eins zum anderen: Ich arbeitete hart und nahm mir wenig Zeit für mich. Ich sah es auch nicht länger ein, dass ich mich um Einkommen UND Haushalt kümmern sollte. Meine Eheprobleme waren nicht mehr zu leugnen. Ich hatte verlernt, meine Wünsche über die eigenen Bedürfnisse zu stellen. Ich vernachlässigte mich, stritt ständig, selbst mein bis dato völlig ausgewogenes Liebesleben litt unter der Eintönigkeit. Der Sex verkam zu einem fantasielosen, mechanischen Prozess. Das Problem lag auf der Hand. Nicht mal ein geschmackloser flotter Zweier konnte meiner Libido neues Leben einhauchen. Es kam, wie es kommen musste: Meine Ehe scheiterte. Ich ließ mich scheiden und verlor das Haus, das Auto und die Kinder an mich. Ja, aus irgendeinem Grund hatte ich Kinder. Inzwischen habe ich die Trennung allerdings bewältigt. Ich habe neue Kraft geschöpft, neue Arbeit gefunden und bin sogar eine neue feste Bindung eingegangen ... mit meiner Nachbarskatze.

Alte Liebe rostet nicht, sagt der Volksmund, und so möchte ich nun einer alten Liebe huldigen, die mich vor vielen, vielen Jahren gegen meinen Willen bei sich aufnahm und die ich viele Jahre später, wiederum gegen meinen Willen, verlassen musste. Ich rede von einer Stadt. Hässlich. Aber schön. Rau. Aber einfühlsam. Elitär. Und doch ganz bodenständig. Wie viele Menschen bin ich wegen der günstigen Mieten hingezogen. Und wie viele Menschen bin ich wieder weggezogen, weil ich woanders Arbeit gefunden habe. Und beide Male musste ich weinen, denn ...

IN MANNHEIM WEINT MAN ZWEIMAL

DU KOMMST in Mannheim an und bist traurig. Du läufst unter einer riesigen Eichbaum-Pils-Werbekonstruktion durch eine Bahnhofshalle und auf einen Platz. Vorbei an den Punks und den Ghettoblastern, den Emos und den Hools, an türkischen Papis, die Zigaretten rauchen und Schach spielen. Beim City-Döner lässt du dir einen Rucksack voll Yufka aufschnallen und ziehst in dein neues Zuhause. Danach läufst du bis K7, zögerst noch einen Augenblick, bevor du deine Unterschrift auf das Formular setzt, und sackst dann dein erstes und letztes VRN-Ticket ein. Du fährst erster Klasse OEG zurück in dein Quadrat, dein Kariertes, dein Viereck, deine Zelle, deinen Kasten, deine Raute, deine Box – ob im Park, unter Linden, der Friesenheimer Insel, uf de Tschänau oder Neckarstadt Ost.

Auf dem Rückweg fragt dich ein Stadtstreicher mit glasigem Blick, ob du drei oder vier Euro für 'nen Döner hättest. Du bietest ihm deine Pfandflasche an, aber er lehnt dankend ab und fragt das Pärchen neben dir, ob sie wohl drei oder vier Euro für 'nen Döner hätten. Und du verlierst den Mut in einer Stadt, über die sich eine aschgraue Patina blanker Tristesse gelegt zu haben scheint, der Stadt, in der Carl Benz das Automobil erfand – wahrscheinlich, um schnellstmöglich hier wegzukommen.

Du findest das Schloss ziemlich schön, aber die Insassen irgendwie komisch: An deinem Einführungstag an der Uni nimmst du zwischen den Doppelgängern von Kai Diekmann und Karl-Theodor zu Guttenberg Platz, und ein drollig grinsendes Wirtschaftsbärchen begrüßt dich mit ungefähr folgenden Worten: „Liebe Studierende und Studierendinnen: Exzellenz, Exzellenz, Ranking, internationaler Wettbewerb, hurra Mannheim, was' los?! Wir freuen uns, nur die Besten der Besten hier willkommen heißen zu dürfen, und sind uns sicher, dass auch die Schlechtesten der Besten immer noch besser sind als die Guten woanders."

Du wunderst dich ein wenig über deine gottgleichen Qualifikationen, besonders, weil du eigentlich nur Lehrer werden wolltest, bist aber auch ein wenig stolz darauf, dass deutsche Universitäten wie die deine laut Exzellenz-Ranking weltweit zu den besten Ausbildungsstätten gehören, zumindest für den Studiengang Germanistik.

Und du verlierst deinen Mut in einer monochrom gepixelten Stadt, schließt deine Augen, spannst deine Muskeln an, und dann geschieht etwas Eigenartiges. Einige Zeit vergeht, du hast vergessen mitzuzählen, deine Augen sind wund, dein Blick noch trüb wie der Hintergrund eines sehr hippen Spiegelreflexfotos. Die matten Kanten nehmen langsam Gestalt an, dein Blick wird klar, du schaust auf und hältst den Atem an. Die Stadt, gestern noch so furchterregend und sinnleer, leuchtet plötzlich in fluoreszierendem Cyan und gevintagetem Sepia auf, so, als hätte ein sehr penetranter Hipster die ganze Stadt gefotoshopt. Auf den Straßen breitet sich ein Filter der Glückseligkeit aus. Du tanzt euphorisch durch ein buntes Blumenmeer, in dessen Mitte ein kleiner dicker Wasserturm prangt. Die Sonne lacht, du hängst die nackten Füße in den Rhein und knallst dir zwei Welde in den Kopf. Und ja, etwas später wirst du sogar Eichbaum trinken. Es wird Nacht in der Stadt, aber niemals dunkel! Kleine, große, gebräunte, blasse, cyan- und vintagesepiafarbene Kinder spielen mitten in der Nacht Fußball auf kopfsteingepflasterten Straßen, durch die der rauchig-milde Geruch gegrillten Hammelfleisches zieht. Daneben kauft ein junger Mann mit dickem Bart und dünnen Ärmchen einen veganen Sojaburger mit laktosefreiem Joghurtdressing. Ein paar Türken lachen ihn im Vorbeigehen aus und kaufen sich 500 Meter weiter unten ein riesiges Fleisch. Mit Köfte und Shish Kebab und Knoblauchsoße. Mit extra Laktose bitte. Und das Brot dazu bitte auch aus Fleisch. Du findest Geschmack an der Sache, und selbst der wieder aufgewärmte Gyrosteller um halb fünf im Rhodos wird dir dein Entzücken nicht verderben. Denn jetzt bist du zu Hause.

Die Stadt hat dich bald einkassiert.
Quadriert, doch niemals kleinkariert.
Die Wahrheit ist so einfach greifbar:
In Mannheim weint man immer zweimal.

Wenn man verliebt ist, macht man oft dumme Dinge. Ich habe da zum Beispiel einen Freund. Eigentlich ein zurückhaltender und smarter Junge, dieser Freund. Nur wenn ihm ein Mädchen gefällt, kann es sein, dass es zu Denkaussetzern kommt. Da ist es dann vorbei mit der Zurückhaltung. In aller Regel added er seine Angebetete auf Facebook, liked alle ihre Bilder und schreibt ihr 20 Nachrichten, bevor er aufhört ihr zu schreiben, um ihr dann wieder 20 Nachrichten zu schreiben. Wie gesagt: Ich würde meinen Freund eigentlich als besonnen bezeichnen. Nur nicht, wenn er sich verliebt. Dann verhält er sich ungefähr so subtil und gemäßigt wie Godzilla beim Sex mit einem Flugzeugträger. Aber was willste machen? Freunde …

MEIN HERZ IST EIN BETRUNKENER DREIJÄHRIGER MIT SPRACHFEHLER

ICH WAR LEIDER GOTTES nie besonders gut im Denken, wenn ich mit dem Herzen dachte. Das mag jetzt vielleicht selbstverständlich erscheinen, denn Herzen sind per Definition schon keine guten

Denker, aber wenn es ein Herz gibt, das sich durch ganz besonders tiefgreifende Vernunftresistenz auszeichnet, dann ist es meins. In seiner mittelmäßigen Reifeprüfung schrieb es dir, liebstes Gretchen, einen Aufsatz. Zwanzigseitig. Verfehlte das Thema und fiel durch. Weil es ein Multiple-Choice-Test war.

Und du, Gretchen ... bist schön und klug. Und deshalb klug genug, mein Herz zu meiden. Und ich weiß, Gretchen: Es wäre das Dümmste der Welt, wenn es sich dich zum Gernhaben aussuchen würde, und mein Verstand sagt mir, ich solle auf der Hut sein, denn der Untergang tanze gern im Narrenkleid. Ja, mein Verstand spricht gerne in Metaphern, der is ja auch richtig klug, aber mein Herz ist leider nicht so klug. Mein Herz sagt lieber Dinge wie: „Ich mag Tiere. Ich hab da so'n Bild gemalt, so hier, Euleee ... und Pony ... und Igel ... Katzeeee ... Baum ... Joghurt ... Tankstelle ..."

Seit ich dich kenne, liebstes Gretchen, leide ich an Denkrhythmusstörungen. Und selbst wenn ich mal 'ne kluge Idee hab – dann ist die richtig dumm! Aber das ist, glaube ich, auch okay so. Weil Herzen nun mal nicht gut denken können. Herzen sind Prolls. Herzen sind laut und ungebildet. Herzen sind eiweißshakeschlürfende Muskelottos. Aber was will man auch erwarten, die haben ja auch nix als Schlagen gelernt.

Die besten Liebesgeschichten, Gretchen, beruhen auf Dummheiten. Julia hat Romeo vorgespielt, sie sei tot, woraufhin er sich umgebracht hat, woraufhin sie sich umgebracht hat. Das waren richtige Honks! Tristan stirbt an gebrochenem Herzen, weil er denkt, Isolde würde nicht zu ihm zurückkehren, fünf

Minuten später kehrt Isolde zum toten Tristan zurück und stirbt folgerichtig an ihrem gebrochenem Herzen. Übelster Scheiß! Aber trotzdem waren das die besten Liebespaare überhaupt.

Und deshalb, meine Teuerste, möchte ich von meinem Recht Gebrauch machen, dumm zu sein! Und glaub mir, wenn ich dir sage, dass ich das wirklich gut kann; ich hab das nämlich richtig lang studiert. Weil ich voll oft sitzengeblieben bin. Und jetzt stell dir nur mal vor, Gretchen: Ich könnte dir das alles beibringen! Und dich prüfen und zertifizieren. Mit einem Master in Dummheit. Bis ich dich in mich verliebt habe.

„Was ist die höchste Zahl der Welt?", würde ich dich fragen.

Und du würdest sagen „3.000!"

Und ich würde sagen „Ja! Richtig!"

Und du würdest sagen „Doch! 3.000!"

Und du könntest auch deine Promotionsarbeit bei mir schreiben. Mit Wachsmalstiften. Im Berghain! Und ich würde dich bei der Hand nehmen und rufen: „Schatz! Schnell! Sie spielen unser Lied! Techno!!"

Aber noch bin ich alleine hier im Land des verlorenen Verstandes, nehme einen beherzten Zug von meinem Asthmaspray und einen von der Zigarette, lächle dir zu und drücke die Glut an einer Zapfsäule aus.

Ich habe Pech in der Liebe. Also gehe ich ins Casino. Setze auf Rot, sehe Schwarz. Und ja, wir sind dann rein objektiv betrachtet ziemlich blank, aber das ist okay, weil ich hab da so 'ne Email gekriegt mit 'nem einfachen Trick, wie 'ne Putzfrau Millionär geworden ist. Was danach passierte, war unglaublich!

Aber wer braucht schon Geld! Lass uns einfach dönerkauend knutschen! Ich weiß, liebstes Gretchen – wir bergen ein verheerendes Vernichtungspotenzial füreinander. Du bist Amerika und ich bin China. Aber irgendwie passt das doch auch wieder zusammen dann. Unsere Beziehung könnte das Gleichgewicht des Schreckens sein. Smooth sailing also. Ich meine, du bist mein Schwarm. Mein Schwarm Heuschrecken. Und ich bin ein Feld fleischfressender Pflanzen. Wir sind doch fast füreinander bestimmt! Ich bin Pirat – und du bist Wikinger. Käpt'n Kopflos und Gunnvald, der Schänder. Das klingt doch süß! Und klar kann es sein, dass das nicht gut geht. Aber mein Wingman ist der Teufel, und der findet dich auch cool! Und wenn ich schon zugrunde gehen muss, dann doch wenigstens für jemanden, für den es sich lohnt.

Und all das sage ich im besten Wissen, dass es das Klügste wäre, dich gehen zu lassen. Aber ich bin Gott sei Dank kein kluger Mann, wenn ich mit dem Herzen denke. Und deshalb schreibe ich dir einen Brief, klopfe an deine Tür und sage: „Hi! Ich mag Pony ... und Igel ... und Euleeee ..."

Wenn wir schon dabei sind, dass ich – äääh – mein Freund Tiere so gerne mag, möchte ich direkt die Gelegenheit beim Schopfe packen und mich im Folgenden der absoluten Königsdisziplin deutschsprachiger Lyrik widmen: dem Tiergedicht. Nichts würde mir mehr widerstreben, als Erwartungen zu wecken, die ich nicht zu erfüllen vermag, aber was jetzt kommt, ist wirklich geil!

Die Katze

Es war einmal 'ne Katze,
Die hatte eine Tatze,
Ihr ging's nicht gut dabei,
Es fehlten ihr ja drei.

Werte Leserin, werter Leser, aus demselben Zyklus präsentiere ich nun hiermit Gedicht Nummer zwei.

Der Hund

Es war einmal ein Hund,
Der war nicht ganz gesund,
Er lag verschlossen hinterm Tor,
Und teilweise auch davor.

Nun ja, ich gebe zu, beim Verfassen dieser Texte sind Tiere zu Schaden gekommen. Deswegen versuche ich es wiedergutzumachen, mit einem Geschenk von mir an euch. Liebe Leserinnen und Leser, ihr dürft euch nun ein Tier wünschen. Ich habe quasi über jedes Lebewesen auf diesem schönen Planeten ein oder mehrere Tiergedichte geschrieben. Daher könnte ich an dieser Stelle auf jeden Wunsch jedes einzelnen Rezipienten ein individuelles Tiergedicht folgen lassen. Da dies mit der aktuellen Printtechnologie jedoch nicht umsetzbar ist, müsstest du liebe Leserin, lieber Leser, mir ein kleines bisschen entgegenkommen und dir ein Gedicht über eine Ente wünschen. Okay?
Gut. Alles klar! Hier ist dein Gedicht über die Ente:

Die Ente

Es war einmal 'ne Ente,
Die fühlte sich verloren,
Drum ging sie gerne in den Park,
Und fütterte Senioren.

Na? Wollt ihr noch eins?

Die Eintagsfliege

Die Eintagsfliege schlüpfte
des Morgens am Gewässer
Und dachte sich beim Abendbrot:
„Früher war alles besser!"

Fun Fact: Diese Stelle des Buches hat es gerade noch so durch das Lektorat geschafft.

Die Schnecke

Es war einmal 'ne Schnecke,
Die rannte um die Ecke,
Doch ist der kleine Tollpatsch
Auf halbem Weg gestolpert.

Viele Menschen fragen mich: „Nektarios! Du bist so witzig und erfolgreich!"
Ich habe viel über diese Frage nachgedacht und würde sagen: „Ja, das ist richtig."

Allerdings bin ich nicht erfolgreich auf die Welt gekommen. Der Erfolg kam erst ein bisschen später. Quasi als Folge erfolgreichen Handelns. Wenn man erfolgreich sein will, darf man sich nichts von anderen einreden lassen. Man muss seinen eigenen Weg gehen. Wenn auch du genauso erfolgreich und unique wie Nektarios sein willst, lass dir nichts einreden. Geh deinen eigenen Weg und tu genau, was ich dir sage:

GUIDELINE ZUM ERFOLG

DU HAST DEINEN HUNGER SATT? Du hast genug davon, immer zu wenig zu haben? Du willst endlich mal so individuell sein wie die anderen? Dann gratuliere ich dir zum ersten Tag deines restlichen Lebens! Du bist in diesem Augenblick gerade dabei, dich für immer verändert zu haben. Nun geh deinen Weg, lass dir von niemandem Vorschriften machen und befolge genau die nächsten 10 Punkte:

Schritt 1

Sei auf keinen Fall du selbst! Vergiss alles, was Disneyfilme und Selbsthilfegruppen dir beigebracht haben. Du selbst zu sein hat sich in der Vergangenheit nicht bewährt und wird es auch in Zukunft nicht tun. Versuche stattdessen wie jemand zu sein, der weniger unangenehm ist als du. Imitiere das Verhalten sympathischer Menschen. Imitiere das Denken kluger Menschen. Imitiere das Einkommen reicher Menschen – und du bist einen Schritt näher an einem völlig neuen Selbst. Einem Selbst, das sich nicht mehr mit Leuten wie dir abgeben muss.

Phase 2

Sei konsequent! Denke schnell, effizient und kurzfristig. Jeder Versuch, eine dauerhafte Lösung für ein Problem zu finden, lenkt dich nur von deinen temporären Zielen ab und stört deine persönliche Entwicklung zu jemandem, der kein Idiot ist. Fokussiere deine jetzigen Interessen. Handle stets so, dass die Maxime deines Verhaltens zu keiner Zeit als allgemeines Gesetz gelten könnte. Lebe auf Kosten anderer. Betrachte Schulden als Fremdkapital. Nutze dein Kapital! Und denk dran, du kennst ab jetzt nur noch eine Richtung: Quer nach unten vor!

Paragraph 3

Sei stylish! Leute machen Kleider, damit die Kleider der Leute wiederum Leute machen, die die Kleider tragen. Achte deshalb stets auf ein gepflegtes Äußeres. Denn geschmackvolle Kleidung macht aus jedem Loser einen geschmackvoll gekleideten Loser.

Regel Nummer 4

Sei offen! Probier mal was Neues aus. Geh angeln. Nimm Drogen. Schlafe mit einer dir sympathischen Person. Das bringt dich deinem neuen Ich zwar nicht näher, aber hey! You just got laid. High five!

Level 5

Sei klüger! Meide den Umgang mit Menschen, die schlauer sind als du, auch wenn das ein Leben in ständiger Isolation bedeutet. Orte, die du unbedingt meiden solltest, sind: Universitäten, Gymnasien, Programmkinos, Bibliotheken, Theater- und Kleinkunstbühnen, Schachclubs und Skandinavien. Orientiere dich stattdessen lieber an folgenden Schauplätzen: Sonnenstudios, Pornokinos, Tuning-Messen, Freibädern, Diskotheken, die sich im Jahre 2019 immer noch als Diskotheken bezeichnen, dem Promi-Big-Brother-Haus und Helene-Fischer-Konzerten.

Gebot Nummer 6

Sei freundlich zu deinen Mitmenschen, vor allem denjenigen, die weniger privilegiert sind, als du es vorzugeben pflegst. Stehe ihnen in harten Zeiten bei, werde ihr Freund, gewinne ihr Vertrauen, sei ihr Fels in der Brandung und bring ihr Schiff zum Sinken. Erfolg ist eine Sache der Relation. Je schlechter es ihnen geht, desto besser kommt dir deine Situation vor.

Punkt 7.

Sei witzig! Ob bei der Arbeit oder im Berufsleben: Nichts auf der Welt ist vergleichbar mit der aphrodisierenden Wirkung elaborierten Humors. Aber bedenke! Es gibt Menschen, denen die göttliche Gabe zur Würdigung eines guten Spaßes vergönnt blieb. Furze deswegen nur dann, wenn du es im Notfall auf einen anderen schieben kannst. Schieb es nicht auf einen anderen, wenn ihr zu zweit seid, oder wenn du zuvor etwas gesagt hast wie:

„Leute, gönnt euch mal das Donnerwetter. Apokalyptische Flatulenz! Potzblitz, da bleibt kein Stein auf dem anderen."

Abschnitt 8

Sei beredt. Egal, du sagst: Es kommt nicht auf Verständnis an, sondern auf Glaubwürdigkeit. Rede wenig und mehrdeutig. Gib auf keinen Fall konkrete Antworten. Kommentiere alles mit „Soso … hmm … ja … signifikant." – „Das war mal wieder äußerst bezeichnend, mein Lieber!" und „Wenn ich es nicht besser wüsste, würde ich es weniger begreifen". Sollte dir wider Erwarten eine unqualifizierte Äußerung entweichen, furze und schieb's auf einen anderen.

Artikel 9

Sei konsequent. Fang jetzt mit dem Rauchen an. Hör jetzt mit dem Rauchen auf. Gratuliere! Nicht jeder schafft es, einfach so mit dem Rauchen aufzuhören. Du bist ein Gewinner!

Artikel 10

Sei besonders. Egal, was deine Eltern dir weismachen wollen: Nicht jeder ist etwas Besonderes, und erst recht nicht du! Fußballspieler sind was Besonderes. Politiker sind was Besonderes. Fernsehstars, Professoren, Künstler, Transvestiten und Menschen mit Trisomie 21, die sind was Besonderes. Du nicht! Willst du was Besonderes sein, musst du herausstechen. Sei schwarzes Schaf, sei Schäferhund, sei Wolf im Schafspelz, Schaf im Wolfspelz, Schäfer Heinrich oder Lamm! Aber was auch immer du tust: Sei kein Schaf! Wenn du Schaf bist, wirst du von den anderen Schafen in Stücke gerissen. So ist die Natur der Dinge.

Sei mal ehrlich:. Du hast dich nun erfolgreich durch die Guideline zum Erfolg gekämpft. Gratuliere! Dein neues Ich ist konsequent, stylish, offen, klug, freundlich, witzig, beredt, besonders und neu. Du bist allerdings genau so unangenehm, wie du es schon immer warst. Aber das macht ihr beiden am besten unter euch aus.

Ein weiterer Schlüssel zum Erfolg ist ein gefestigtes Leben. Ein geregelter Alltag ist wichtig. Jeder Mensch braucht Strukturen und Rituale, die ihm Halt und Orientierung im Leben bieten. Darum geht es in der folgenden Geschichte nicht.

KATERSTIMMUNG

IN EINER STADT, in der niemand lebt, steht ein unbewohntes Haus. In dessen Innern, einem herrenlosen Zimmer ohne Wände, steht ein Bett, in dem ein Schatten schläft. Und als die Sonne durch die fensterlosen Gitter blinzelt, zuckt ein blutleeres Organ. Rollt sich vom Kissen auf ein schmutziges Bettlaken, hüpft schmatzend durch den Flur und auf den Toilettensitz. Kaum eines Wortes würdig, durchsucht es das Bad mit blindem Blick, auf der Suche nach seiner Gestalt. Hier ein Fingernagel im Seifenhalter, da ein Zahn im Waschbecken, eine Lunge im Papierkorb, ein linker Fuß im Schuhregal, ein Auge im Aschenbecher, ja, in diesem Badezimmer steht ein Aschenbecher. Nach und nach setzt es sich die Augen auf, knüpft Haare an die Kopfhaut und schlüpft in eine kalte Haut, die ziemlich mies nach gestern riecht.

Ein Wesen blickt in den Spiegel. Ein Spiegel zerbricht. Es wäscht den Teer aus dem Haar, das Ethanol von der Haut, ein nüchternes „Oh Gott!" aus dem Gesicht. Es beugt sich übers Waschbecken, trinkt einen großen Schluck Erinnerung, putzt Zähne und spuckt ein Stückchen Unsinn in den Abfluss.

Ein Körper kleidet sich in frisch gewaschene Textilien und freut sich fast schon ein bisschen. Er wirft sich eine Jacke über, greift nach seinem Schlüssel und geht los. Er kommt zurück, zieht seine Zunge aus dem Mund eines abgetrennten Kopfes und geht los. Er fragt sich, wessen Kopf da in der Spülmaschine lag und wem die Ohrläppchen in seiner Hosentasche gehören, da findet er seine Selbstbeherrschung im Gebüsch hinter einem herbstbraunen Altspeisenfleck.

Ein Subjekt folgt steten Schrittes den verwaschenen Schlangenlinien des letzten Abends und sammelt auf, was von ihm übrig ist. Sein Anstand sitzt auf einer Damentoilette und zittert. Die Ehrlichkeit hatte er sorgfältig in eine Zeitung eingerollt und hinter den Sitz geschoben, das Schamgefühl auf dem Kneipentresen vergessen. Sein guter Vorsatz steckt noch im

Schlitz des Zigarettenautomaten und seine Friedfertigkeit liegt verkratzt im Innenhof.

Ein Subjekt, fast schon Person, geht an die Garderobe und bekommt ein Kopfschütteln und eine Telefonnummer. In einer Stadt, in der niemand lebt, steht ein verlassenes Café, in dem ein Schatten Café Latte schlürft und auf ihn wartet. „Oh entschuldige bitte", entschuldigt er sich. „Ist das hier deine Unzufriedenheit? Ich glaube nämlich, das ist meine Selbstüberschätzung, die du da bei dir hast." Sie lächelt ihn an, sie tauschen erst ihre Eigenschaften und sich dann freudig aus. Denn es ist alles wieder da! Ein wenig Scham, ein bisschen Reue, etwas Wehmut und ganz viel Zuversicht.

Das ist alles andere als Alltag jetzt! Leute, ich weiß, ihr glaubt mir das niemals, aber ich schwööööre, genau so ist es passiert! Wirklich, kein Scheiß ey, wenn ich es euch sage! Also beim Leben deiner Mutter, jedes! Wort! Also genau so! Echt! Ne? Glaubt mir eh wieder keiner. Na egal.

DIE KRASSESTEN SACHEN PASSIEREN IMMER DANN, WENN KEINER ZUGUCKT

DIE KRASSESTEN SACHEN passieren immer dann, wenn keiner zuguckt. Nie wird ein unabhängiger Zeuge anwesend sein, wenn ein weggeworfener Zigarettenstummel vertikal zur Ruhe kommt, ein leeres Wasserglas ohne jeden äußeren Einfluss einfach so in der Mitte meines Tisches zerspringt oder eine Frau mir sagt, dass ich echt wunderschöne Füße habe. Was ich damit sagen will, ist … neulich bin ich von Außerirdischen entführt worden.

Zumindest glaube ich, es waren Außerirdische. Eigentlich bin ich ja gar nicht so der Mensch, der andere Menschen nach ihrem Äußeren beurteilt, aber einerseits sind Außerirdische ja auch keine Menschen, und andererseits kannte ich sie nicht gut genug, um sie nach anderen Kriterien zu beurteilen. Alles begann damit, dass ich mich wagemutig bis zur Untergrenze meines Schwerpunkts aus dem Fenster meiner Wohnung gelehnt hatte, um eine Zigarette zu rauchen, als plötzlich ein gleißendes Licht wie aus einer anderen Welt aufleuchtete und ein ohrenbetäubender Brummton, der keinem mir bekannten irdischen Ton glich, die Nacht erfüllte; aber so ist das nun mal, wenn man über einer Studenten-WG wohnt. Jedenfalls klingelte es an der Tür und zwei Aliens standen in meinem Hausflur. Oder jedenfalls ging ich aufgrund eines weit verbreiteten Klischees sofort davon aus, dass es sich bei den zwei jungen Herren mit den Tentakeln und den Stielaugen um Aliens handeln musste. Dass es sich bei den Aliens allerdings um junge Herren handelte, basierte auf weitaus stichhaltigeren Überlegungen: Frauen klingelten ja doch nie bei mir. Auf eine nähere Beschreibung meiner Besucher werde ich nun aber ganz bewusst verzichten; ich finde nämlich, dass die Hautfarbe nirgends, also auch nicht in dieser Geschichte, eine Rolle spielen sollte. Die Haut war übrigens schleimgrün.

„Hallooo?“, grüßte ich unsicher meine fremden Hausierer, die mich mit einem unsanften Ruck zur Seite stießen, schmatzend in meine Wohnung wateten und anfingen, meine Sachen zu durchwühlen.

„Also Freunde, eigentlich hab ich ja nichts gegen Außerirdische“, versuchte ich diplomatisch einzuschreiten, „aber glaubt ihr nicht, dass ihr da ein bisschen zu tief in meine Privatsphäre eindringt?“ Eine Ironie des Schicksals würde veranlassen, dass ich diesen Satz nicht zum letzten Mal gesprochen haben sollte. Dann zog jedenfalls einer der halbstarken Spaceinvader so eine Art subatomaren Materien-Energiekern-Konverter aus seiner Tasche und haute mir damit auf den Kopf.

Als ich die Augen wieder öffnete, lag ich im Koma. Nee, Moment. Das ist doof. Als ich aus dem Koma erwachte, da öffnete ich die Augen. So macht das Sinn! Ich öffnete also die Augen, nachdem ich aus dem Koma erwacht war, und fand mich in einer extraterrestrischen Forschungseinrichtung wieder. Um mich herum hatte sich eine schier endlose Unzahl schleimsabbernder Tentakelwesen versammelt, die mir alle nacheinander mit ihren pümpelgroßen Saugknöpfen schmerzhaft an den Hinterbacken saugten. Diesmal war ich mir ziemlich sicher, dass die Fremden zu tief in meine Privatsphäre eindrangen.

„Was hat das alles zu bedeuten?", fragte ich in die Menge, und meine obskuren Gastgeber gurgelten laut und reckten alle ihre Fühler in die Höhe. Das hätte es bei uns zu Hause nicht gegeben, dachte ich. Okay, meine Familie kommt zwar aus Griechenland, also irgendwie schon auch aus einer anderen Welt, aber die kneifen und knutschen Fremden wenigstens nur schmerzhaft in die Gesichtsbacken und nötigen sie dazu, Unmengen Fleisch zu essen. Das hier ist was völlig anderes, sagte ich mir, und ein Schleimwesen reichte mir ein Tablett, auf dem eine Art Nacktschnecke mit Hunderten winziger Mundöffnungen lag.

„Ich bin Vegetarier", log ich, und das Gurgeln meiner Gastgeber wurde zusehends unfreundlicher.

„Sei mir gegrüßt ...", dachte ich noch vernommen zu haben, kurz bevor die Nacktschnecke unter lautstarkem Protest meine Speiseröhre hinunterglitt und ich feststellen musste, dass ich soeben meinen Dolmetscher gegessen hatte. Da hörten auch die Aliens plötzlich alle auf zu gurgeln, einer der Typen blies in eine Trillerpfeife und eine Gruppe zahnfleischfletschender Aliens mit Materien-Dingsdastöcken baute sich um mich auf. Ich tat, was jeder sportscheue Asthmatiker, der in seiner Jugend lieber Star-Wars-Miniaturszenarien koloriert hatte, statt mit den anderen Kanakenkindern Autos zu knacken, in meiner Situation getan hätte: Ich setzte die Macht ein, lieferte mir einen phänomenalen Martial-Arts-Kampf mit den Aliens und floh mit einer Rettungskapsel aus dem unter imposantem Getöse kollabierenden CGI-Mutterschiff. Zurück in meinem Viertel, stieg ich aus den Trümmern des Shuttles, ging zum nächsten Kiosk und holte mir einen heißen Cappuccino-to-Go. Da flog eine Taube über meinen Kopf drüber und schiss mir mitten aus dem Flug heraus direkt in den Kaffee. Aber so ist das nun mal: Die krassesten Sachen passieren immer dann, wenn keiner zuguckt.

Also früher, da war ja auch noch mehr analog. Facebook, Twitter, StudiVz, war alles analog damals. Nix Sprachnachricht, da haste telefoniert. Und so ein Telefonat hatte auch 'ne ganz andere Wertigkeit! War ja teuer damals. Da haste dir genau überlegt, was du da für 20 Cent die Minute erzählst. Oder die Bilder! Selbst die Bilder waren analog. Nix Insta, da hatte man Postkarten. Das hatte 'ne ganz andere Wertigkeit, wenn man 'ne Karte geschickt hat. Da wusstest du, die Karte is nur für mich. Gab auch keine Notebooks damals. Und die Texte waren auch analog. Da hat man die Texte auf der Schreibmaschine geschrieben. Da haste dir genau überlegt, was du schreibst und was nicht. Da hatten die Texte auch 'ne ganz andere

Wertigkeit. So ein Schreibmaschinentext ist einfach was ganz Durchdachtes. Da steckt viel Denkleistung und Arbeit dahinter. Nicht so wie heute. Ich mach ja alles digital. Das geht schneller und man muss nicht so viel Wertigkeit reinstecken. Aber hier ist ein Text über Fotos. Geschrieben auf MacBook Pro.

THINK NEGATIVE

ULLI VOM KIOSK hat seinen Kiosk vor Kurzem mit Fotos seiner neuen Kamera aufgewertet.

Der Laden läuft jetzt auch nicht besser, strahlt allerdings eine gewisse Würde aus. Außerdem hat die Qualität der Tischgespräche zugenommen. Handelten diese vor Ullis neuen Fotos nur von Treckern, Fußball und Bier, ging es mittlerweile immerhin um Trecker, Fußball, Bier und Ullis neue Fotos. Und wenn sogar Ulli, dem ich nicht die geringste künstlerische Ader zugetraut hatte, es vermochte, seinen Mikrokosmos derartig auf den Kopf zu stellen, dann konnte das für mich nur eins bedeuten: Ich brauchte unbedingt so eine Spiegelreflexwunderkiste, mit der man jedes schlecht gekachelte Badezimmer wie das Hundertwasserhaus aussehen lassen kann. Nachdem ich mich also erfolglos vom Einzelfachhandel zum Elektrodiscounter und von da über den Supermarkt zum Second-Hand-Kaufhaus heruntergearbeitet hatte, bekam ich einen Tipp, der mich in Teufels Küche bringen sollte.

„Diese Kamera!", erklärte mir ein rüstiger Krämer mit Hakenhand, der auf mich einen äußerst seriösen Eindruck machte, „nimmt nicht einfach nur Motive auf. Sie NIMMT DIE MOTIVE AUF!!"

„Is nich wahr!", entgegnete ich mit weit aufgerissenen Augen und verstand nicht im Geringsten, worauf der Typ hinauswollte. Aber ich hatte angebissen.

„Und was kostet das gute Stück?"

„Nun ..." Der Unbekannte zögerte und musterte mich eindringlich im Versuch, meine finanzielle Situation einzuschätzen. Sichtlich unentschlossen, ob er es mit einem Hipster oder einem Penner zu tun hatte, versuchte er, mehr Zeit zu gewinnen: „Eigentlich hat die Kamera hier einen persönlichen Wert..."

„Ich geb' dir 30 Euro", sagte ich.

„Verkauft für 30!", schoss es aus ihm hervor. „Aber bedenke: Nur ein Narr trachtet nach eines Narren Bildnis."

„Was?"

„Ach nix. Film kostet extra."

Ich wollte die erfolgreiche Transaktion mit einem Erinnerungsfoto zelebrieren, aber da verschwand der Typ und hinterließ nichts als ein hysterisches Echo und das ungute Gefühl, dass ich kein sonderlich lukratives Schnäppchen gemacht hatte. Aber egal, ich fand diese Polaroids ja schon immer schick, und nun hatte ich die schickste aller Polaroids. Plastik, das wie Holz aussah, Kupfer wie Gold, und ein persönlicher Aufkleber mit der Aufschrift: „Für Helmut". Muss ein reicher Mann gewesen sein, dieser Helmut. Geschmack hatte er jedenfalls. Und eins musste ich zugeben: Seine Kamera machte unfassbar lebendige Fotos. Ich konnte den Händler beinahe noch auf dem Foto schreien hören. Nun wusste ich auch, was er mit „SIE NIMMT DIE BILDER AUF" gemeint hatte. Was ich allerdings nicht wusste, war, dass ich zu diesem Zeitpunkt noch gar nichts wusste. „Schau mal, meine neue Kamera!", begrüßte ich meine Freundin, die gerade damit beschäftigt war, den kaputten SABA-Fernseher, den ich letzte Woche angeschafft hatte, wieder rauszuschaffen. Ich wollte gerade ein Foto davon machen, wie sie ihn in den Restmüllcontainer hievte, aber da war sie schon weg. Alles, was ich noch erwischen konnte, war ein feindseliges Zischen und ein grimmiger Gesichtsausdruck auf Zelluloid. Ich betrachtete das Bild näher. Wahnsinn, wie echt die Farben aussahen. Ich konnte es kaum erwarten, meine Werke den Losern vom Kiosk unter die Nase zu reiben. Aber vorher brauchte ich mehr Schnappschüsse.

Ich schlich also durch unsere Siedlung und machte Fotos. Bilder von aufgebrachten Katzen, winselnden Hunden und fliehenden Kindern. Je länger ich auf Fotosafari ging, desto einsamer kam mir die Gegend vor. Mein Album wuchs im selben Tempo, wie meine Fotokulisse zu schrumpfen schien. Als ich schließlich vor Ullis Kiosk stand und feststellte, dass andersherum betrachtet der Kiosk, den ich gerade noch aufgenommen hatte, nicht vor mir stand, zählte ich eins und eins zusammen. Es klingelte, mir ging ein Licht auf, der Groschen fiel wie Schuppen von den Augen. „SIE NIMMT DIE BILDER AUF!!!", dachte ich, und begriff mit einem Mal die Tragweite des Geschehens. Alles, was ich fotografiert hatte, war auf magisch-mysteriöse Art und Weise absorbiert und auf ewig zu einem flach glänzenden Polaroidbild transformiert worden! Sofort war mir klar, dass es nur einen Weg gab, die Welt wieder zu dem zu machen, was sie gewesen war. Und so machte ich mich auf, das umfassendste Fotoalbum der Menschheitsgeschichte anzulegen. Ich archivierte alles! Jede Stadt, jeder Wald, jede Lichtung wurde belichtet und auf 7,8 x 7,9 cm konserviert. Seite für Seite, Ordner für Ordner fügte ich ein exaktes Replikat unserer Welt zusammen. Und erst, als der letzte Baum, der letzte Fluss, der letzte Fisch geknipst waren, stellte ich den Selbstauslöser auf fünf Sekunden, machte eine blöde Grimasse und folgte dem Rest der Welt in unser neues Zuhause.

Liebe Leserinnen und Leser, ihr werdet es mir vermutlich nicht glauben, aber ich habe früher sehr dumme Texte geschrieben. Bis mir ein sehr guter Freund einen noch besseren Tipp mit auf den Weg gegeben hat. Er sagte: „Nektarios, wenn du ein sehr intelligentes Zitat vor einen sehr dummen Text setzt, dann hebt das das Gesamtniveau auf ein erträgliches Mindestmaß." Ich habe diesem Rat sehr lange Folge geleistet und ganz wunderbare Erfahrungen damit gemacht. Doch irgendwann war der Punkt erreicht, an dem ich mich künstlerisch weiterentwickeln wollte. Das soll also bedeuten, dass ich diesen Rat nun nicht mehr befolge. Aus diesem Grund möchte ich den folgenden Text gerne mit zwei intelligenten Zitaten einleiten.

> „Für das größte Unheil unsrer Zeit, die nichts reif werden lässt, muss ich halten, dass man im nächsten Augenblick den vorhergehenden verspeist, den Tag im Tage vertut, und so immer aus der Hand in den Mund lebt, ohne irgend etwas vor sich zu bringen."
>
> *(– Johann Wolfgang von Goethe)*

> „Es gibt drei Wege, etwas zu tun. Den richtigen Weg, den falschen Weg und den MaxPower-Weg. Das ist im Prinzip der falsche Weg, aber schneller!"
>
> *(– Max Power)*

FLUCH VOR ALLEM DER GEDULD

IM ZEITALTER DER DIGITALEN Lichtgeschwindigkeit; in einer Welt, in der Informationen verbreitet werden können, noch bevor man sie gewonnen hat und wo transatlantische Glasfaserkabel Datensätze mit einer Übertragungsrate von 12 Fantastillionen Godzillabites pro Sekunde rückwärts durch die Zeit schießen, bist du heute ein Niemand, morgen ein YouTubephänomen und übermorgen Dschungelkönig. Wir leben in einer beschleunigten Welt. Der Mensch hat die Zügel aus der Hand gegeben und sich dem Zeitstrom überlassen. Die Hybris großer Denker hat den Fortschritt entfesselt, und wir können das Gerät nicht mehr bremsen. Wir können nur zuschauen und die 3D-Effekte genießen. 1909 beschrieb E.M. Forster in einer Dystopie eine Welt, in der die gesamte Menschheit im Bauch einer allumfassenden Maschine lebt. Heute ist diese Maschine Wirklichkeit geworden. Auf Knopfdruck werden Teillogarithmen zu einem numinosen Datengespenst verflochten. Es werden Welten vereint, Völker überwacht, Brücken geschlagen, Schurken getötet und gekrönt, Hypes geboren und Milliarden von Eurodollars in die Luft gesprengt, während wir an unseren Schreibtischen sitzen und Pornos streamen. Aber in HD.

Noch vor 200 Jahren hat man behauptet, es könne keinen Fortschritt mehr geben, weil alle Welträtsel schon gelöst seien. Dann erfand der Mensch das Telefon, das Kraftfahrzeug, die Atombombe und die Urinella. Wir haben unser Potenzial um ein Vielfaches ausgeschöpft und verstehen nicht mehr, was wir wissen. „Es irrt der Mensch, solang er strebt", hat Gott mal zum Teufel gesagt, und genau das tun wir. Wir streben immer weiter und weiter, nur eben in wechselnde Richtungen. Was nützt es, dass wir mit Überschallgeschwindigkeit reisen können, wenn wir diese Fähigkeit nur dazu gebrauchen, die Welt überall gleich aussehen zu lassen? Ja, wir können uns schneller bewegen als früher, und ja: Wir jagen mit 250 Sachen von Schwerin nach Kassel, aber während wir das tun, wälzen wir uns in einem unbequemen Polstersitz und fragen uns, warum in Gottes Namen wir nach Kassel fahren. Wir können alles, aber wir machen nichts daraus! 400 Jahre empirische Wissenschaft, und ich warte immer noch auf Hoverboards, Jetpacks und Lichtschwerter. Und morphogenetische Spektralbarometer, wo zur Hölle bleiben die morphogenetischen Spektralbarometer? Keine Ahnung, was das ist, aber ich will unbedingt eins haben! Verdammt, was soll denn an unserer Welt schnell sein??

Superman kann so schnell fliegen, dass er den Erdumlauf in die Gegenrichtung verkehrt und damit die Zeit umdreht. Der Flash versetzt seinen Körper in so rasche Vibration, dass er durch Wände gehen kann. Ein Hobbybastler hat mal eine alte Flugzeugdüse an seinen Pick-Up installiert, ist daraufhin völlig unkontrolliert gegen eine Wand geklatscht und hat den Darwin-Award gewonnen. That's the spirit!

Warum auf etwas warten, das so greifbar nah ist! Lasst uns Kinder direkt in der Schule zeugen und gebären! Neue Schüler von Schülern für Schüler! Lasst uns Kinder auf Arbeit und Arbeiter in Rente schicken! Lasst uns alle Menschen verbrennen, die noch wissen, was ein Raider ist! Wie schön, dass du geboren bist, nimm bitte diesen Wertgutschein, noch einen

Augenblick Geduld, das nächste Grab scheint leer zu sein.

Warum nicht zwei alte Flugzeugdüsen an einen alten Pick-Up schrauben und unkontrolliert gegen den Mond klatschen! Wenn wir schon in die Zukunft stolpern, dann doch wenigstens mit Anlauf. Lasst uns die Eile preisen, aber richtig! Stoppt den Stillstand!

Lang lebe die Kurzlebigkeit!!
Fluch sei den Schlangen vor der Kasse!
Fluch der Verspätung,
Fluch der Schuld,
Fluch der ewig trägen Masse
und Fluch vor allem der Geduld!
Denn wir irren, solange wir streben.
Auch wenn wir uns gar nicht bewegen,
brettern und schlittern
und schleudern und driften wir
velociferischen Zeiten entgegen.
Beim Steuerverwalter,
am Schnellimbisschalter
und überall müssen wir warten.
Wir baden im Schweiß
und drehn uns im Kreis
und spielen im Irrgarten Karten.
Wir warten aufs Essen,
wir warten aufs Brechen,
wir warten aufs Schwätzen
und dann aufs Vergessen.

Muss sagen, das Tempo
is schon irgendwie scary,
doch wir finden das
„wait for it – DARY!"
Also renn um dein Leben und gegen die Zeit,
Insomnie ist ein Segen und wach sein befreit,
Halte Schritt, halt dich fit,
um die Gabe zu teilen
und tanzenden Schrittes
zu Grabe zu eilen.
Deine Zeit ist bald um, also spute dich schnell
auf dem glitschig gepflasterten
Highway to Hell.
Doch bevor du dich anschickst, ins Feuer zu fegen,
rate ich statt nach dem Fernen zu streben,
lieber mal hier deinen Arsch zu bewegen.

Wir schreiben das Jahr 2012. Ich bin als Assistant Teacher in Southend on Sea beschäftigt, einem einst glamourösen Badeort im Südosten Englands, und sitze mit meinem Kumpel Nils im Zug Richtung London. Wir haben uns viel zu erzählen; die Fahrt vergeht zunächst einmal wie im Flug, und das, obwohl wir fahren und nicht fliegen. Irgendwann fällt uns allerdings auf, dass der Zug schon eine ganze Weile keine zugtypische Vorwärtsbewegung mehr gemacht hat.
„Ey Nils, kann es sein, dass wir schon seit einer ganzen Weile stehen?"
„Ja, jetzt wo du es sagst ... Meinste, wir sind schon da?"

„Das wäre lustig. Stell dir vor, wir wären schon da und merken es nicht, lol."

„Lol."

Kurzes Schweigen.

„Aber jetzt mal ehrlich. Wann fährt der denn endlich weiter, ey?"

„Wie heißt der Bahnhof, an dem wir raus müssen?"

„Fenchurch Street."

Nils schaut aus dem Fenster und sieht ein Stationsschild, das klar und deutlich mit folgenden Lettern versehen wurde: ‚LONDON FENCHURCH STREET'.

„Ey Neki, auf dem Schild da steht ‚Fenchurch Street', lol."

„Lol, ja genau, lol."

„Nee, wirklich! Ich sehe es gerade, lol."

„Nein, nein. Die Fenchurch Street ist die Endstation, lol. Ich war schon mal da. Die Station sieht anders aus, lol."

„Ach so, lol."

„Wann fährt der Zug denn jetzt endlich weiter, verdammt?"

Wir unterhalten uns noch ein bisschen weiter, da setzt sich der Zug endlich wieder in Bewegung. Allerdings in die Richtung, aus der wir gekommen sind.

„Ey, Neki. Kann es sein, dass wir gerade die Endhaltestelle verpasst haben?"

„Jap."

„Lol."

„Lol."

Diese kleine Episode aus meinem echten Leben hat inhaltlich so rein gar nichts mit dem folgenden Märchen zu tun. Ich wollte lediglich einen Versuch unternehmen, ein Bild vom innigen Freundschaftsverhältnis zu vermitteln, das mich mit der Person verbindet, mit der ich die folgende Geschichte geschrieben habe. Hach, Nils! Wir sollten viel mehr Geschichten miteinander schreiben. Und weniger Zug fahren.

DER KLEINE MANN (GESCHRIEBEN MIT BLEU BROODE)

IN EINER ZEIT vor unserer Zeit …

Vor vielen, vielen Jahren …

Ungefähr 2013 muss das gewesen sein …

Da sagte die Bundeskanzlerin eines weit, weit entfernten Landes: „Das Internet ist für uns alle Neuland."

Und wir lachten sie aus, denn wir hatten das Internet verstanden und kannten uns in unseren wohlgepflegten Myspace-Profilen gar glänzend aus.

Ja, damals ... als die Menschen noch viel kleiner waren und die Computer noch viel größer. Als wir Disketten nutzten, die so groß waren wie Smartphones und so viel Speicherplatz boten wie ein kaputtes Billyregal.

Damals, als kantige Rechenmaschinen in modernem Eierschalenbeige das digitale Zeitalter einläuteten und die Welt mit einem Mal erfüllt war vom Ächzen und Dröhnen des mächtigen 56k-Modems. Wir begannen uns zu vernetzen, indem wir uns in unseren Kellern einschlossen. Und während die Parteien um die verbindenden Stimmen von Wählern kämpften, kämpften wir um eine stimmende W-LAN-Verbindung.

Wir staunten über die gottgleiche Macht, die es uns erlaubte, eine gewaltige Schlange, deren Hunger kein Ende kannte, über die Gummitasten unserer Nokiahandys durch eine virtuelle Welt von 20x30 mm zu dirigieren. Wir träumten nicht von Babys, denn wir hatten Tamagotchis – und der Tinnitus, der uns nach einer durchfeierten Nacht durch den Vormittag begleitete, erinnerte uns an unseren Klingelton.

Genau zu dieser Zeit begab es sich also, dass ein kleiner Mann in einer kleinen Wohnung auf einem kleinen Hügel im frisch geknüpften Internet lebte. Mit seiner Wohnung hatte er ein echtes Schnäppchen gemacht, denn die Mietpreise waren hier auf dem Neuland besonders günstig. Es gab noch viele freie Web-Adressen, und auch wenn die ersten Onlineshops erst nach und nach aufpoppten, war er doch über die große Datenautobahn und die öffentliche U-Tube gut vernetzt.

Der kleine Mann fühlte sich wohl im Internet. Er ging den Bildungsweg 2.0, nahm sich ein Zimmer im

StudiVz, machte seinen Abschluss auf Wikipedia und erwarb schließlich eine echte eigene Homepage oben auf dem Zuckerberg. Er hatte alles, was er brauchte. Die jungenhaften Pixel im Gesicht waren verschwunden. Er führte ein bescheidenes Dasein, beugte sich dann und wann aus seinem eigenen Browserfenster heraus, lauschte dem fröhlichen Vogelgetwitter und likte sein Leben.

Auf seinem Hügel war ein richtiges kleines Dorf entstanden. Eine Stadt vielmehr, eine Megacity, deren Ränder man nicht mal mehr vom Tower seines Rechners übersehen konnte. Ohne Suchmaschine konnte man die eigene Homepage kaum mehr verlassen. Einmal verirrte er sich in die schmutzigen Gassen des neu entstandenen Rotlichtmilieus und lag prompt eine ganze Woche mit einem Virus flach.

Immer mehr Fremde tauchten in seiner Freundesliste auf. Neben dem kleinen Mann zog bald ein anderer Mann ein, der sich der große Mann nannte. Der kleine Mann wunderte sich darüber, denn der große Mann war genauso groß wie er, obwohl er High Heels trug. Also fragte der kleine Mann den großen Mann, warum er sich „der große Mann" nannte und der große Mann sagte: „Weil ich ein großer Mann bin!" Das leuchtete ein.

Einmal erlebte der kleine Mann bei einem Spaziergang durchs Forum, wie ein Herr eine Rede hielt. Während er sprach, kamen Menschen hinzu, um ihn auszupfeifen. Immer mehr Menschen kamen, die ihn ausbuhten, und bald wusste der kleine Mann gar nicht mehr, was der Herr eigentlich gesagt hatte. Genauso erlebte er eine andere Rede, bei der die Leute wahllos anfingen, Zustimmungen zu rufen oder zu johlen und zu klatschen. Und obwohl der kleine Mann nicht recht wusste, ob er einverstanden war mit dem, was der Herr dort erzählte, stellte er erschrocken fest, dass auch er seine Hände fieberhaft gegeneinanderschlug.

Die Stadt hatte sich verändert. Sie war laut geworden. Der kleine Mann verstand bald kaum noch sein eigenes Wort. Denn es war nur noch zu verstehen, wer am lautesten schrie.

„Schweden!", rief ein hysterischer Mann an der Straßenecke. „Denken Sie doch nur an Schweden!"

„Was ist denn mit Schweden?", fragte der kleine Mann.

„Rache!", antwortete der Fremde. „Rache für Schweden!"

Auch der große Mann war laut geworden. Er stand auf einem leeren Bierkasten und überragte den kleinen Mann um mehrere Köpfe, obwohl er ihm direkt in die Augen sah.

Er warnte ihn vor den Neuen in der Stadt: Sie würden nur die Unwahrheit sagen, um an die Macht zu kommen. Und er warnte ihn vor den Alteingesessenen: Denn sie würden nur die Unwahrheit sagen, um an der Macht zu bleiben. Und überhaupt warnte er den kleinen Mann vor allem und auch vor dem kleinen Mann selbst, „denn Sie", sagte er, „sind ein sehr, sehr dummer Mann. Hören Sie auf meinen Rat!" Dann griff er sich den Bubbletea, den der kleine Mann schlürfte, und trank ihn aus. „Also verzeihen Sie mal!", wandte der kleine Mann ein. „Das war mein Bubbletea!"

„So! Not! True!“, antwortete der große Mann und griff ihm mit voller Wucht in den Schritt. Verdutzt lief der kleine Mann weiter durch das Forum. Überall ragten Warnschilder und Wahlplakate empor. „Tod den Ungläubigen!“, „Petry Heil!“, „Putin für Deutschland“.

„Ich hör’ mir eure Mainstreamlügen nicht mehr an!“, rief ein tauber Fischer, der wasserdichte Beweise aus den Rundfunkwellen der Informationsflut herausgehört hatte.

„Macht doch endlich eure Augen auf, die Welt ist eine Scheibe!“, schrie ein blinder Kartograf.

„Impfungen verursachen Epilepsie“, blökte ein zitternder Wunderheiler und warf sich eine homöopathische Dosis Heroinkügelchen in den Mund. „Und Ausländer auch!“, schrie ein Mann mit hellblauer Fahne.

Doch über alldem war die Stimme des großen Mannes zu hören, der nun auf meterhohen Stelzen herumlief. „Glaubt der Lügenpresse kein Wort!“, schrie er. „Ich habe fundierte Recherche gegoogelt!“

Der kleine Mann ging kopfschüttelnd nach Hause. Er selbst war still geworden. Er fühlte sich so profillos. Und sehr, sehr klein. Er wusste einfach nicht mehr, was die Wahrheit war. Er traute sich kaum noch in den Spiegel zu schauen. Er verlor den Fokus, die Zeit rann ihm durch die Finger. Was war bloß aus der Welt geworden? Er schaute aus seinem Chatfenster und sah, wie sich nach und nach die Voraussagen der lautesten Stimmen bewahrheiteten. Eine Bürgermiliz trieb fremde Leute mit Gutmenschenkeulen durch die Straßen. Menschen, die sich noch bis vor Kurzem ein

Grundstück auf Farmville geteilt hatten, misstrauten einander und hielten jeden Fremden für einen ruchlosen Tinderschänder. Jeder bezeichnete jeden als Faschisten, und während alle damit beschäftigt waren, dies abzustreiten, merkten sie gar nicht, wie hinter ihnen eine Reichsflagge gehisst wurde.

Die Hysterie steigerte sich zum Chaos. Firewalls brannten. Schweden lag in Trümmern, und niemand wusste, warum. Der große Mann lachte und sagte, dass Schweden gar kein Land sei, wer habe denn je von Schweden gehört? Die ganze Welt war mitten in einem globalen Informationskrieg, und jemand war schuld. Draußen tobte ein wütender Mob, und der wütende Mob gab den Gutmenschen die Schuld. Die Gutmenschen wiederum gaben der AfD die Schuld. Die AfD gab Merkel die Schuld. Merkel gab Pegida die Schuld. Pegida dem Islam, der Islam den Terroristen, die Terroristen dem Westen, der Westen den Russen, die Russen den Medien, die Medien Ken Jebsen, Ken Jebsen den Juden, die Juden den Nazis und die Nazis behaupteten natürlich, sie hätten überhaupt nichts mit den Nazis zu tun – alles Weitere kann man auf gutefrage.net nachlesen.

Was ist hier nur passiert, fragte sich der kleine Mann. Hatte der Fortschritt die Wahrheit überholt? Hatte ER mit der Erschließung des Neulands all dies entfacht?

Wie konnte er diese furchtbare Entwicklung nur rückgängig machen?

Da begriff der kleine Mann, dass es keinen Weg zurück gab. Er warf seine letzte Vernunftration in den

Faktenvernichter, stieg in die nächste freie Filterblase, verließ den Boden der Tatsachen und verschwand für immer in den undurchsichtigen Tiefen des World Wide Webs. Denn noch immer war das Internet für uns alle Neuland.

Als ich noch ein Kind war, wollte ich unbedingt Komiker werden, die komplette Welt bereisen und meine Cousine heiraten. Glücklicherweise habe ich nicht an all meinen Träumen festgehalten. Das mit der Komik hat einigermaßen hingehauen. Die ganze Welt habe ich leider noch nicht bereist, aber immerhin war ich schon in Herne, Waltrop und Wanne-Eickel. Und was meine Cousine angeht, die hat glücklicherweise einen anderen Mann geheiratet. Alles in allem habe ich viel Spaß im Leben. Und ich habe oft auch keinen Spaß. Zum Beispiel, wenn ich meine Steuern mache, wenn ich mühsame politische Diskussionen in den sozialen Medien führen muss, wenn ich morgens aufstehe, um physiotherapeutische Rückenübungen zu machen oder wenn ich Popsongs im Radio höre, die mich dazu zwingen wollen Spaß zu haben. Man muss nicht immer Spaß haben.
Irgendwann wird man halt doch erwachsen.

EIN HOCH AUF DAS ALTERN

EINES TAGES, ALTER, werden wir alt sein. Ey, Alter, werden wir alt sein und bei einer stark verdünnten Weißweinschorle in einem spießbürgerlichen Gemeinschaftsgärtchen sitzen und uns gegenseitig Fotos von Enkelkindern zeigen, die uns nicht besuchen kommen. Alter, wir werden alt sein.

Wenn ich ehrlich bin, spüre ich schon jetzt allmählich den Verfall. An den Jahresringen unter meinen Augen kann man bereits mein Alter ablesen. Wenn ich raven gehe, kann man meine Gelenke zum Beat knacken hören, und meine Finger- und Zehenspitzen verbindet nur noch eine rudimentäre Brieffreundschaft. Ich habe neulich eine schöne Frau im Bus angesprochen und sie hat mir ihren Sitzplatz angeboten. Und ja: Ich habe mich hingesetzt.

Meine besten Freunde sind gleichzeitig meine Arbeitskollegen. Ich habe kaum Freizeit, und ich kann mich an keinen Moment meines Lebens mehr erinnern, in dem meinen Hinterkopf nicht irgendeine Abgabefrist, ein Amtsgang oder eine Mahnung beschäftigt hat.

Aber ehrlich gesagt habe ich keinen Grund zur Beschwerde. Wenn Menschen älter werden, tun sie solche Dinge. Sie tragen Nadelstreifen, Toupets, Blusen und im schlimmsten Fall Verantwortung. Ja, es ist furchtbar verlockend und schrecklich einfach, den kitschigen Erinnerungen an unbeschwertere Tage hinterherzulamentieren. Wo sind sie geblieben? Die Feen? Die Zauberlehrlinge? Die Sternzählstunden und die Gruselgruftgeschichten? Ach so: Die bösen grauen Herren haben sie verschleppt und verschwinden lassen. Aber das haben sie nicht getan, weil sie sich von den Tränen modeinfantiler Heulsusen ernähren, sondern weil wir unsere Ressourcen nun mal anders nutzen als in unserer Kindheit. Das alte Kinderzimmer muss jetzt halt als Arbeitszimmer herhalten. Da hat eine 1 Meter 20 große Diddlmaus nix verloren. Vor allem nicht, wenn du dreißig bist. Und beruflich mit Kindern zu tun hast. Das könnte missverstanden werden. Ob es uns gefällt oder nicht: Die Erwartungen an uns ändern sich mit der Zeit. Vielleicht müssen wir einen bestimmten Dresscode bedienen, vielleicht müssen wir Dinge tun, die unserer Überzeugung widersprechen, in jedem Fall aber müssen wir die Konsequenzen unserer Handlungen tragen und ertragen. Und das geht nun mal nur, wenn wir den Mut aufbringen, die honigsüße Zuckerstange der Nostalgie aus dem Arsch zu ziehen und Verantwortung zu übernehmen.

Aber das Schöne daran ist, dass das überhaupt nicht schlimm ist. Wenn ich ehrlich bin, ist das die beste Zeit meines Lebens. Verantwortung bedeutet Relevanz. Leute hören auf das, was ich sage! Ich weiß nicht, warum sie es tun, aber sie tun es. Das ist doch großartig. Es ist doch nicht befriedigend, von anderen bevormundet zu werden. Es macht nicht glücklich, in den Tag hineinzuleben und Sterne zu zählen. Liebe

Hippiespinner, man kann Sterne überhaupt nicht zählen. Sich mit sinnlosen Dingen zu beschäftigen hat nichts mit Lebensqualität zu tun. Liebe unterernährte, stirnbandtragende Yoloponys, hört auf, euch zurück in die Kita zu wünschen! Warum soll ich auf einem Holzpferd Sternschnuppen hinterherjagen, wenn ich einen Kia Niro Crossover fahren kann? Check meinen 79 PS Hybridmotor aus, Brudi! 4,4 Liter auf 100 km. Und dank der Richtlinie zur Förderung des Absatzes von elektrisch betriebenen Fahrzeugen bekomme ich 3.000 € vom Bundesamt für Wirtschaft und Ausfuhrkontrolle rückerstattet. Fuck yeah! Warum soll ich mir noch Haribos und Ja!-Chips reinfressen, wenn ich mir einen Quinoasalat mit Granatapfel-Minzdressing machen kann? Erwachsen sein rockt.

Versteht mich nicht falsch. Es ist nichts verkehrt daran, sich ein Stück Kind einzutuppern und hin und wieder über Fürze, stolpernde Katzen und Tritte in die Leistengegend zu lachen. Besonders Fürze sind unzweifelhaft hilarious! Aber stilisiert Orientierungslosigkeit doch nicht zu einer Tugend! Wenn euch Stillstand und Rückwärtsgewandtheit glücklich machen: bitte! Aber es macht doch viel mehr Spaß, etwas zu erreichen. Etwas Neues zu schaffen. Und dazu braucht man gar nicht mal so viel graue Farbe.

Eines Tages, Alter, werden wir alt sein. Und daran ist nichts verkehrt. Also hoch mit der faden Rieslingschorle, stütz den linken Arm an der Hüfte ab und führ ein Gespräch über Riester-Förderung. Und wenn dir dein Flirt im Bus einen Sitzplatz anbietet ... zwinker ihm zu und setz dich hin.

Werte Leserin, werter Leser. Weil es bis hierhin so schön war, möchte ich zum Abschied noch einen Witz erzählen.

KENNST DU DEN SCHON?

Witz

Treffen sich ein Deutscher, ein Amerikaner und ein Türke … ein Afghane, ein Sunnit, ein Schiit, ein Italiener, ein Brite, ein Serbe, ein Grieche, ein Schwabe, ein Schotte, ein Chinese, ein Norweger, ein Luxemburger, ein Schwede, ein Kiribatier, ein Franzose, ein Tunesier, ein Flüchtling, ein Relativist, ein Jude, ein Palästinenser, ein Österreicher, ein Ostdeutscher, ein Schweizer, ein Ukrainer, ein Moslem, ein Russe, ein Georgier, ein Pegidist, ein Armenier, ein Senegalese, ein Belgier, ein Bulgare und ein Nazi bei einem Terrorattentat und sterben. Alle werden von einem grellen Licht geblendet und befinden sich plötzlich in einer unterirdischen Bahnhofshalle. Während sich alle über den Vorfall wundern, knackt ein Lautsprecher und eine verzerrte Stimme schallt durch die Korridore:

„Grüß Gott un herzlich willkommen im Kehrwochefegefeuer. Aufgrund bautechnischer Maßnahmen verzögerd sich Ihre Weiderfahrt um 5 bis 12.000 Jahre. Mir bidde alle Fahrgäschde um e gloi bissle Geduld, ich informiere Sie in Kürze über Ihre Anschlussmöglichkeiten."

„Alle Ruhe bewahren!", ruft der Amerikaner. „Der Tag läuft wie geschmiert. Großartig. Wirklich ein toller Tag. Nur, weil wir gestorben sind, heißt das nicht, dass wir tot sind! Lasst mich nur kurz mit meinem Botschafter sprechen!"

„Genau!", pflichtet ihm der Afghane bei. „Wir sollten zunächst mal Ruhe bewahren und den Botschafter sprengen ... ähh ... sprechen."

Sagt der Sunnit: „Gibt's hier 'ne DB Lounge? Ich hab die Islamcard 50."

Sagt der Schiit: „Ich auch! Aber die Richtige!"

Sagt der Konvertit: „Ehm ... Hat hier irgendjemand 72 Mädels gesehen?"

Sagt der Katholik: „Nee, nur meine Jungs hier ..."

Sagt der Brite: „Mir reicht der Blödsinn! Ich bin raus."

Sagt der Belgier: „Ja dann geh doch."

Sagt der Brite: „Ich geh auch."

Sagt der Belgier: „Ich warte."

Sagt der Brite: „Wirst schon sehn. Gleich bin ich weg."

Sagt der Serbe: „Sind hier Orthodoxe? Ich red nur mit Orthodoxen!"

Sagt der Grieche: „Hier!"

Sagt der Serbe: „Komm, ich hab keine Lust auf das Multikulti hier. Wir gehen zum Döner."

Sagt der Grieche: „Ja! Nix wie raus hier."

Sagt der Grieche: „Hast du mir drei, vier Euro..?"
Sagt der Schwabe: „Nein!"
Sagt der Serbe: „Frag den Chinesen!"
Sagt der Chinese: „Ich bin aber der Japaner!"
Sagt der Norweger: „Jungs! Das Bier in der Vorhölle ist meeeegabillig!"
Sagt der Luxemburger: „Aber die Einrichtung ist schäbig."
Sagt der Schwede: „Tschuldigung..."
Sagt der Finne: „Ganz schön heiß hier unten..."
Sagt der Amerikaner: „Fake News! Hier ist ganz normal warm."
Sagt der Linke: „Halt's Maul!"
Sagt der Rechte: „Halt du dein Maul!"
Sagt der Demokrat: „Halt du dein Maul!"
Sagt der Türke: „Halt du dein Maul!"
Sagt der Franzose nix, weil er nur Französisch spricht.
Sagt der Kiribatier: „Wo zur Hölle ist Kiribatien??"
Sagt der Tunesier: „Herr Vlachopoulos, isch muss Groß."
Sagt der Flüchtling: „Alter, warum bin ich hier nur ‚der Flüchtling'?? Ich hab auch 'ne Nationalidentität! Ich bin Kurde!"
Alle lachen.
Sagt der Relativist: „Der Witz ergibt überhaupt gar keinen Sinn. Da werden in oberflächlicher Manier Stereotypen von Bevölkerungsgruppen, Religionen, Berufszweigen und ideologischen Strömungen einander gegenübergestellt, als würden sie sich auf derselben Taxonomie-Ebene bewegen. Was kommt als Nächstes?? Eine Rassenbezeichnung?"

„Nein, das wäre geschmacklos!“, sagt der Neger.
Alle sind totenstill.
Jemand schreit angewidert aus der Ferne.
„Iiiiih!“
Der Jude tritt mit erhobenem Zeigefinger hervor und sagt: „Jemand hat in den Fahrstuhl gepupst!“
„Er war's!“, ruft der Palästinenser und zeigt ... zurück auf den Juden.
„Ja, er war's!“, sagt auch der Österreicher.
„Den Fahrstuhlpups hat's nie gegeben“, sagt der Ostdeutsche.
„Ich bin brüskiert!“, sagt der Westdeutsche.
„Ich bin Batman!“, sagt Batman.
Sagt der Pole: „Die Moslems! Das waren die Moslems! So was machen die! Die kommen aus einem ganz anderen Kulturkreis.“
Sagt der Moslem: „Ich bin deutscher Staatsbürger ...“
Alle lachen.
Sagt der Ostdeutsche: „Wenn der Moslem der Deutsche ist, will ich lieber der Russe sein.“
Sagt der Russe: „Das geht nicht, ich bin der Russe.“
Sagt der Ukrainer: „Du hast gesagt, ich bin der Russe.“
Sagt der Pegidist: „Schluss da! Eine Springmaus ist eine Springmaus und ein Volk ist ein Volk.“
Sagt der Armenier: „Na ja... Eigentlich bin ich ja Senegalese ...“
Sagt der Senegalese: „Und ich bin Belgier ...“
Sagt der Belgier: „Ich bin Türke.“
Sagt der Türke: „Ich bin Grieche.“
Sagt der Grieche: „Ich bin Bulgare.“
Sagt der Bulgare: „Ich bin Russe.“

Sagt der Russe: „Ich bin Gérard Depardieu."
Sagt der Ostdeutsche: „Wer is'n jetzt welches Volk??"
„Ich bin das Volk!", sagt Xavier Naidoo.
„Und was bin dann ich?", fragt der Pegidist.
„Nazi!", sagt der Nazi.
Sagt der Pegidist: „Was? Warum ich? Du bist doch der Nazi!"
Sagt der Nazi: „Ich bin kein Nazi, ich bin nur ein besorgter Nazi. Nazis sind keine Nazis."
Sagt der Deutsche: „Und jetzt?"
Sagt der Brite: „Kennt jemand 'nen guten Witz?"
Sagt der Ostfriese: „Ich mag keine Witze!"
Sagt die Blondine: „Was ist der Unterschied zwischen einem jüdischen, einem muslimischen und einem christlichen Menschen?"
Niemand weiß es.
Keine Pointe.
Alle lachen.

So. Das war's jetzt aber. Man soll ja aufhören, wenn es am schönsten ist, ne? Ich meine, ich würde ja noch weitermachen, aber leider gibt's auch nix mehr zu erzählen. Das war jetzt so ziemlich alles, was ich jemals gedacht habe. Und ich glaube, das waren auch so ziemlich alle Themen, die es auf der Welt gibt. Zumindest fallen mir sonst keine mehr ein. Ich kann dir höchstens anbieten, dass du das Buch noch einmal liest. Mit verstellter innerer Stimme. Hier eine Liste mit Stimmen, in denen du das Buch noch einmal lesen könntest: Udo Lindenberg, Haftbefehl, die Biene Willy, R2D2, Peter Griffin, Tom Waits, ein beliebiger Typ mit indischem Akzent. Das wäre alles sehr lustig. Oder du liest das Buch auf Mandarin. Dann müsstest du es halt vorher ins Mandarin übersetzen. Oder du liest das Buch wie schlechten Sex. Alles, was du dazu tun musst, ist

ENDE

Nektarios Vlachopoulos, 1986 im Kraichgau geboren, studierte Germanistik in Heidelberg und wurde kurzzeitig Deutschlehrer, bevor er sich für ein Leben als Künstler entschied. Als Slampoet und Humorist mit griechischem Integrationshintergrund tourt er mit seiner ersten Soloshow „Niemand weiß, wie man mich schreibt" durch Deutschland. Er gewann bereits zahlreiche Poetry-Slam-Wettbewerbe, unter anderem die deutschsprachige Meisterschaft 2011, und wichtige Kleinkunstpreise, unter anderem 2017 den Förderpreis des Kleinkunstpreises Baden-Württemberg sowie 2018 den Deutschen Kabarettpreis.
nektarios-vlachopoulos.de

ISBN 978-3-8303-3524-5

Titelfoto: Marvin Ruppert
Lektorat: Oliver Domzalski
Redaktion: Antje Haubner
Gestaltung: Monika Swirski

Druck und Bindung: Balto Print
Printed in Lithuania

FSC www.fsc.org MIX Papier aus verantwortungsvollen Quellen FSC® C107574

Triff uns auf facebook.com/Lappan Verlag
und auf instagram.com/lappanverlag
lappan.de